恋は思いがけず

川琴ゆい華

白泉社花丸文庫

恋は思いがけず　もくじ

イラスト／蓮川《はすかわ》　愛《あい》

恋は思いがけず

件名　僕の最後の言葉を聞いてください。

10/14　22:12

突然のメールをお許しください。

先日、医者から余命三カ月との告知を受けました。しかしながら、私に家族や恋人はなく、財産を相続してくれる方がおりません。

つきましては、これまでにたくさんの人を助けてきたあなたなら、私の全財産を有意義にご活用くださるはずと思い、ご連絡さしあげました次第です。

もしお受け取りいただけるようでしたら、せめてお話だけでも聞いていただけるならば、どうかこのメールにご返信ください。よろしくお願いいたします。

余命三カ月の男より

恋人にふられた、を英語に訳すときは『dump』を使う。ダンプカーの、ダンプ。荷台のゴミをどさっと放り投げて捨てる、という意味だ。異文化コミュニケーションの講義中、英語で表現するほうがえげつないなと感じたことを思い出した。

『おかけになった電話番号への通話は、お客様のご希望によりお繋《つな》ぎできません』

柔和な声で容赦ないアナウンスが流れるスマホを、宗佑《そうすけ》は茫然《ぼうぜん》と見下ろした。

「『お客様の都合』じゃなくて『ご希望』……」

これはいわゆる着信拒否だろうか。二十年の人生で初めての事態だ。

慌てて確認したSNSはいずれも相手のアカウントにアクセスできないようブロックされたり、鍵をかけられたりしていた。

「……マジか」

荷台からどさどさどさーっと廃棄される自分の画《え》が浮かぶ。疑いようもなく、ダンプされた瞬間だった。

ショックのあまり生気を失いかけていた目をはっと見開き、電話帳の『友だち』のカテゴリーから『カケル』へ電話をかける。

『着拒かどうかは置いといて、ははは、宗佑またふられたんだ?』

もう珍しい話題ではないせいで、カケルの反応に優しさ成分は感じられない。

「……俺は笑えない」

『ごめんごめん。でもメールに電話にSNSって、多段攻撃するからだろ。そりゃあ女の子はウンザリするわー』

攻撃のつもりはなかったのだが、宗佑をよく知るカケルの指摘のとおりだ。連絡手段を一方的に絶たれたことが、どれほど相手を辟易《へきえき》させたかを物語っている。

ベッドにべろんと仰向けで寝転んで大きなため息をついたら、『明日ガッコで話聞いてやっから』と慰められて通話を終えた。

あらためて通信履歴を確認し、我ながらこれは……と今更落ち込む。この二時間ばかりの間に電話を四十回近く、メールを四十通あまり、SNSも同様に。

悪気はないが、夢中になると周りが見えなくなるのだ。平時、メッセージは日に二百通ほど送信してしまうし、記念日、恋人行事はもちろんのこと休日祭日余暇すべて、彼女最優先で全力投球してしまう。それに対して反応がないと、怒らせた？　何かあったんでは？　と気になって仕方ない。

カケルからはいつも「たまにはあっちからの連絡待ってみろ」「押すばっかじゃなくて引け」とアドバイスをされるけれど、さじ加減を間違っているのかそれもうまくいったためしがない。へたに距離を保とうとすれば「もっとわたしに興味持ってよ」「それほど好きじゃないんだね」とがっかりさせて失敗に終わる。それを踏まえ、まめにやり取りするのは苦手だと申告してきた彼女には従うことにしたものの、結局宗佑がすぐに我慢できなくなってサヨナラされた。

「もうどうしたらいいんだ……」

何をやっても裏目に出るし、相手をまったく理解できないばかりか臨機応変に自分のスタンスさえ変えられない。

打《う》ち拉《ひし》がれている隙にどさくさで寝てしまえとふとんに潜り込んだ直後、メール受信音で飛び起きた。

着拒された彼女からかと慌てて開いたものの、登録のないアドレスからだ。

「はぁ……この期《ご》に及んでスパムかよ」

いつもなら開かず即削除なのだけど、目に入った件名は『RE：僕の最後の言葉を聞いてください。』と仰々しくて、なんだか引っかかった。おまけに返信を意味する『RE』。しかし、こんなタイトルのメールを誰かに送った記憶はなくて、宗佑は首を傾《かし》げた。

開封するべきか一瞬迷って、受信メールをタップする。

『件名　RE：僕の最後の言葉を聞いてください。

10/14　22:34
はじめまして。メール拝読しました。あなたの心中をお察しすると胸が痛み、かける言葉も見つかりません。

私でよろしければ詳しくお話をお伺いしたいと思っています。ぜひ署名の番号へお電話ください。』

はい？　と宗佑は掠《かす》れた声を上げた。なんの話かとメールをよく見てみると、署名には『080-1234-****　藤澤《ふじさわ》　琥太郎《こたろう》』と記され、続いてそもそも返信するはずだった相手の文面が引用のかたちでまるまる残されていた。返信の経緯を探るべくそちらも一読する。

「余命三カ月だから全財産を受け取ってくれ……って？」

元メールを読んでようやく合点した。どう見ても詐欺だろという怪しい文面に対して、署名の人物つまり藤澤琥太郎は『詳しくお伺いしたいから携帯に連絡を』と返しているのだ。返信を促す詐欺師の罠《わな》にまんまと引っかかっている。

藤澤琥太郎との名前にも、宗佑は眉間に深い皺《しわ》を寄せた。同じ鳳城《ほうじょう》大学の情報コミュニケーション学部に席を置く男と同姓同名。よくある名ではないし、その男の可能性は高い。

ヨーロッパのどこかの小国からの帰国子女で、温室育ち然とした上品かつ整った顔立ちが目を惹《ひ》き、実際とんでもない金持ちとの噂《うわさ》だ。そんな彼が同じ学部の友だち——双子の本多《ほんだ》兄弟の財布代わりにされているところを購買部や学食等でよく目撃する。適当に言いくるめられているのか、もともとの性格なのか、いつもにこにこしながら金を出しているのだ。

「あの調子だし、こんな詐欺メールにころっと騙《だま》されて搾取《さくしゅ》されるのか？」

しかしどうしてこのメールが自分に送られてきたのだろうか。

確認するとメールのヘッダーが偽装されていて、その際詐欺師が間違った返信用アドレスを設定したようだ。迷惑メール対策のつもりでアルファベットと数字を適当に組み合わせただけの、宗佑のフリーメールアドレスになっている。

メールが間違って届きましたよ、と返信しようとして、どうしてこのメールが自分に届いたのかなど文章で説明する手間を考えたら手がとまった。明日、大学内で本人を捕まえるほうが遥《はる》かにラクだ。ラブメールとあれば手間暇は惜しまないが、ふられた直後で親切心も気力も削《そ》げていた。

藤澤琥太郎とは同じ学部、しかしコースもコミュニティーも違うため、共通科目の教室で一緒になっても、これまで直接話したことはない。

嬉《うれ》しそうに金を渡している横顔が再び脳裏に浮かび、宗佑は苦笑いして部屋の明かりを落とした。


藤澤琥太郎を捕まえられたのは翌日の午後、学生らで賑《にぎ》わう学食だった。

本多兄弟の昼食代を気前よく払ってやる姿を横目にタイミングを窺《うかが》っていたところ、ランチを終えた双子が先に学食から出ていった。チャンス到来とばかりに、彼がひとり座るテーブルに近づく。

「きのうの夜、藤澤からのメールが俺のとこに届いたんだけど」

声をかけるときょとんとした目でじっと見上げられ、蕩《とろ》けるような鼈甲色《べっこういろ》の眸《ひとみ》に吸い込まれそうな気がした。こんな近距離で話したことも向かい合ったこともなくて、「あれっ？　こんなやつだったっけ？」となぜか落ち着かない心地《ここち》にさせられる。

男に対して透明感という言葉を当てるのは正しくないかもしれないけれど、肌がつるんとなめらかで、思わず触れたくなるかんじだ。そういえば見た目はほぼ日本人だけど、どこかの国の血が混じったクオーターだったよな、と頭の端によぎった。

「……メール？　ですか？」

彼からの問いかけに、はっと我に返る。

「あ、そ、そう、メール。たぶん間違って俺のとこに届いたんだ。これ送らなかった？」

宗佑は例の誤受信メール画面を見せながら、琥太郎の右隣の椅子を引いて腰掛けた。スマホに琥太郎が顔を近づけたとき、ふわんとシャンプーだか整髪料だかの女子っぽい匂いがして、胸の奥がぎゅっと縮こまる。

「え……、どうしてこれがあなたのところ……あっ、えっ？　あなたが余命三カ月の人、なんですかっ？」

「だから違うって」

予想どおり簡単には話が通じなくて、琥太郎のスマホを出してもらい、「このキミのスマホにどこかからメールが届いて～」から細かに説明することになった。

「たぶん絨毯攻撃的にこういう詐欺メールをばらまいて、引っかかるカモを狙ってんの」

「詐欺？　これ、財産を受け取ってって……お金をくれるって言ってるのに、詐欺なんですか？」

「架空請求も多いけど、この場合はフィッシング詐欺。返信してきた相手の情報を詐欺集団に売るとか、出会い系サイトに誘導して登録させて『そこでしか連絡が取り合えないから』って騙して課金させるとか」

「逆に騙し取る……課金させる……？」

琥太郎は瞠目《どうもく》し、宗佑の言葉を茫然と繰り返している。騙されかけたことにショックを受けている様子だ。

「世の中には悪いやつがいっぱいいるんだからさ。こういう怪しいメールには今後いっさい……」

「ケミョジョ！　よかった……！」

「えっ？」

なぜ今、満面の笑みなんだ。ケミョ？　え？

「余命三カ月の男さんは、余命三カ月じゃなかったんですね！」

「そこっ⁉」

思わず悲鳴のような声を上げてしまい、周囲の視線から逃れるべく顔を伏せる。

「あぁ、よかったです。だってもうあと三カ月しか生きられないって……この方はどれほどおつらい状況にいらっしゃるのかなって考えたら……。いくら待ってもお電話どころかお返事も来ないし、昨晩はあまり眠れなくて」

「…………」

よかったよかったと繰り返すあまりのお花畑具合に、宗佑は額に手を当てたまま「うーん」と唸《うな》った。

「あの……分かってる？　騙されるとこだったんだよって話なんだけど」

「はい、分かってます。でも、えっと……三都井《みつい》さん、凄《すご》いですね！　あれが詐欺だと見抜くなんて。詐欺メールにお詳しいんですね」

べつに凄くないし、見抜くというほどのことでもない。一般的に知られている迷惑メールの事例について説明しただけだ。

すっかり毒気を抜かれていたら、琥太郎は「三都井さん……じゃない？　お名前間違ってますか？」とおろおろしている。

「いや、うん、三都井で合ってる」

ホントに話の主旨は分かってんのかよ、と内心呆《あき》れつつ目線を逸《そ》らしたら、澄んだ眸で顔を覗《のぞ》き込まれてぎょっとした。

「鳳大一のイケメンさん。こんなふうにご親切に教えてくださるし、モデルさんみたいに長身で、三都井さんがおモテになるの納得できるなぁ」

「いや……モテないし」

ハタチの男子と喋《しゃべ》っている気がしない。ずっと海外生活で大学入学を機に帰国したとの噂だから、時代劇か古いドラマでも見て言い回しを覚えたクチなのかも。

「藤澤はどこの国から来たんだっけ？」

「リビダニア共和国です」

宗佑の問いに、琥太郎はぱっと目を輝かせて嬉しそうに答えた。

しかし、リトアニアでもなくマケドニアでもなく、それどこ、って国だ。

知らないのが顔に出てしまったようで、琥太郎は「みなさん、それどこ、っておっしゃいます」とにこにこしている。

「シチリア島の近くの小さな島国なんですけど。二〇〇〇年までほぼ国交のない鎖国状態だったので、まだまだ『謎の国』扱いされてて」

「現代なのに鎖国……」

「三歳までは両親と日本に住んでたんですよ。でも母と移住してから十四年、リビダニアを出たことがなかったんです。だからこういうメールもですが、いまだにいろんなことに疎《うと》くてまままならい、あれ？　ままま……」

「ままならない？」

「そう、それです、本当にまままならい」

——まだ間違ってます。

「いろいろ教えてくださってありがとうございます」

丁寧に頭を下げられて、逆にこちらがうろたえてしまう。

十四年も日本を離れていたなら、浦島太郎《うらしまたろう》を相手にするみたいなものか。

「まさかと思うけど……今までもこういうメールに返信とかしたことある？」

「遺産・財産をどうのこうの、というメールは初めていただきましたが」

「あ、あのね、詐欺メールってのは多種多様、手を替え品を替え……」

琥太郎がおもむろに出したスマホの受信ボックスには、『※至急ご確認ください』『ご当選おめでとうございます！』『Congratulations!』……ちらっと見ただけでも怪しいタイトルが並んでいる。

「まさか……この『同窓会どうする？』にも返事したの？」

ずっとリビダニアにいたはずなのに『同窓会』だ。

「日本にいた幼稚園時代の同窓会会費を徴収するとの内容で」

「い、いくら払ったんだよ」

「……たしか十万円、だったと」

オーマイガッ！　同窓会会費に十万！

「でも幹事さんが交通事故に遭ってしまって。会費はご香典《こうでん》に切り替わりました。たいへんお気の毒でした……」

「まさか……死んだっていうのを真に受けたのか？」

「えっ？　死んでないんですか？　死んでないってどうして分かるんですか？」

逆にそれを証明しろと言わんばかりだ。

そもそも幼稚園の同窓会って。日本にいたのは幼稚園までなんですが、とかなんとか馬《ば》鹿《か》正直に返信した結果のおかしな設定なのだろう。

宗佑は頭を抱えた。証明はできない。だけどこれは絶対に死んでないって普通は分かる。

こういう詐欺メールに一度でも返信したり引っかかって金を払ったりすればカモリストに載せられ、裏で繋がる他《ほか》の詐欺組織からも狙われると聞く。他にも受信している怪しげなメールが、すでに手遅れだと物語っているのではないか。

琥太郎から助けてほしいと頼まれたわけじゃない。でもこのまま知らん顔してしまっていいのか。金をどう使おうが個人の自由だが、放っておけばこの先も、有り金全部を搾取される可能性だってある。いやな予感でいっぱいだ。

「詐欺師に寄附したいわけじゃないんだよな？」

そんな物好きな人間がいるわけないと思いつついちおう確認すると、琥太郎は「もちろんですっ」と大きく頷《うなず》いた。

「乗りかかった船っていうか、お節介かもだけど……他のメール、よかったら見せて」

「お節介だなんてそんな」

首を横に振る琥太郎に向かって手を差し出したとき、「おい！」と宗佑の後方から威嚇の怒声と、肩にばんっと衝撃を受けた。

「お前、琥太郎になんの用だよ」

振り向けばそこに、いつも琥太郎を両側から囲い込んでたかっている双子が立っていた。ふたりとも明るいアッシュブラウンのショートヘア、どっちが本多信《しん》で本多連《れん》なのか。一卵性らしく見分けがつかない。

「ちょっと話してるだけだろ」

いきなりどつかれたことに内心でむっとしつつ返すと、左頬にほくろがあるほうが「怒った？　ごめんね、ちょっと手加減間違っちゃって」と不遜な顔つきで見下ろしてくる。まったく悪いとは思っていない謝罪なのは明らかだが、いちいち相手にするのも面倒だ。

琥太郎はその男から「いつまでかかって食ってんだよ」と髪を乱暴に弄《いじ》られているのに、相変わらずのはにかみ顔。

「琥太郎、奢《おご》ってくれる約束だろ。ほら、行くぞ」

双子のもうひとりに反対側から手を引かれ、琥太郎は「う、うん」と立ち上がった。

ぐいぐい引っ張られて、食器がのったトレーを慌てて摑《つか》んでいる。一方本多兄弟は終始粗暴で、スローペースの琥太郎を気遣うそぶりはない。

「三都井さん、お話の途中ですみません。ありがとうございました」

懸命に頭を下げようとする琥太郎に「また今度な」と笑みを添えて穏やかに返すと、琥太郎はぱっと表情を輝かせる。

「あのっ、またいろいろ教えてください。日本文化のみならずリビダニア以外のすべてにおいて勉強不足ですが、リビダニアと日本の架け橋になりたいと思ってます！」

琥太郎は双子にずるずると引《ひ》き摺《ず》られながら大仰にそう宣言して手を振り、学食から出ていった。

「……架け橋……」

なんとも憂慮の堪えない架け橋だ。いつも誰かが見守ってやらなきゃいけないような。ただ、凄くまっさらの絹みたいに清廉で素直で、いい子なんだろうな、とこの短時間の会話ですらいやというほどに伝わった。しかしちょっと世間知らずすぎるし、生きていくのに絶対苦労するぞと、自分のことはさておき心配になってしまう。

あのガラの悪そうな双子に毎日たかられている様子を見るに、ふたりからも「これが日本文化だ」とか適当に言いくるめられていないだろうか。

しかし彼がいいと思って付き合っている友だちについて、自分がとやかく言う筋合いはない。双子と自分の反りが合うとは思えないし、彼らが琥太郎の周りにいる限り、もうこちらから話しかけることはないだろう。

ふうっとため息をついたとき、目の前の空席に桃花《ももか》、さっきまで琥太郎がいた場所にはカケルが座った。ふたりとも今から昼食で、いただきます、とそれぞれ手を合わせる。

「宗佑くん、またふられたんだって？　着拒が恋のラストシーンなんて、ねぇ」

桃花の容赦ない第一声と「お気の毒」との表情に、それほど気遣いは感じられない。宗佑がふられるのがもはや恒例化しているからだ。

「付き合いだしたの後期が始まってすぐだったよね、たしか」

「今回は何日間もった？」

ニヒルな笑いを口元に浮かべたカケルの問いに「十二日」と低い声で答えると「玉子でももうちょっと日持ちしそうだな」と手厳しいツッコミが入り、桃花は噴き出している。

「交際三日って、過去最短記録の一日半とたいして変わんないだろ、それ。宗佑みたいなイイ男を連れてるアタシがイイ女デショ♪　っていうのやら、じつは他に彼氏がいるパターン、イケメンつまみ食いのおねえさま、しまいにはそんなんばっかじゃん。悪い噂も七十五日経《た》つ前にまた悪評を上塗りしてんだもんな。そりゃ、イイ女は寄ってこないはずだ」

カケルの的確な分析に、ぐうの音も出ない。

決して遊びのつもりはなくても結果的に恋愛スパンが短くなる。よって、女の子を取っ換え引っ換えしてる、浮気性らしい、と事実無根の濡《ぬ》れ衣《ぎぬ》を着せられ、『三都井宗佑は希代の遊び人』との噂が大学内外で独り歩きしているのだから最悪だ。高校時代も趣味のモトクロスに没頭していたせいで恋愛経験はゼロに等しいというのに。

「宗佑くん、つまみ食いされ放題のデパ地下お総菜コーナーみたいだね」

「桃花も、うまいこと言わなくていいから」

あぁっ……と、宗佑はテーブルに突っ伏した。

「ほんとに俺マジでモテない。このまま一生独りで、庭先のカタツムリを一日中眺めて過ごすおじいさんになって、ある日縁側で息絶えた俺を天使たちが迎えに来るんだ」

「そんなメルヘンなもん来ねーよ。リアルに民政員のおじちゃんおばちゃんか、救急隊員あたりだろ」

正真正銘の連絡魔な彼女が現れれば悩みは解決するのに、そううまくいかない。

「でもよかったじゃん、たった二週間足らずで想いが深〜くなる前に終わって。恋愛の上澄み啜《すす》ったくらいじゃたいして痛手にもなってないだろ？」

たしかに。連絡が取れない焦《あせ》りと、無言の拒絶に傷心しただけかもしれない。

桃花が「で、話は変わるけど」と話題を切り替えた。

「宗佑くん、さっき藤澤くんと話してたでしょ？　ちょっと不思議ちゃんってかんじの」

不思議ちゃん、との表現に笑って頷くと、桃花はハンバーグを箸で切りながら「大学入った頃、おもしろいことあったんだよね」と続けた。

「異文化の講義で藤澤くんと一緒だったことがあって、『丸椅子は座れません』って、わざわざ四角の普通の椅子を他の教室から持ってきたんだよ。丸いものには神様がいるからだって。ナントカって国に住んでた頃から信仰してる宗教の教えらしいけど」

「リビダニア共和国？」

「そうそう、ヨーロッパの島国だっけ？　藤澤くんって見るからに良家のご子息、それこそどこかの国の王子さまってかんじよね。喋ると日本語がちょっと変なトコがかわいくて女子にはひそかに人気なんだけど、いっつも本多兄弟が護衛兵みたいに鉄壁のディフェンスしてるからさ。なかなかお近づきにはなれないわけよ」

「謁見もままならない王子さまか……」

自分で「ままならない」と言いながらつい思い出し笑い。

で、彼と何話してたの？　との桃花の問いに、カケルの視線もこちらに向いた。

「あぁ、ちょっとね。間違いメールが届いてさ」

「間違いメール？」

あんなメールでも来なければ、琥太郎に話しかけようとは思わなかった。神様のいたずら、いや、詐欺師のケアレスミスのおかげで失恋の痛手がうやむやになったのは怪我《けが》の功名か。

　琥太郎と関《かか》わらなければ知らなかった彼のすべてが新鮮で、失恋以上の衝撃を受けた宗佑だった。

＊＊＊＊＊＊＊

　アメリカはキャンディー、フランスは香水、インドはスパイス、ハワイはココナッツ。

「日本はお醤油《しょうゆ》。リビダニア共和国はレモンの匂いがするんですよ」

　だからレモン味のキャンディーを口の中で転がすと、琥太郎《こたろう》はほっと安らいだ心地になる。目を閉じると、祖父母の家の前に広がるリビダニアの景色が瞼《まぶた》の裏に浮かぶよう。

　神様の存在を信じていて、陽気で朗らかなリビダニアの民。争い事はほとんどなかった。

　白い壁の家が立ち並び、のどかな風景が続く下り坂の先には爽やかな香りのレモンやオレンジの畑、ルビー色に輝くトマト畑、ピスタチオやアーモンドもたわわに実っていた。

　海岸まで出るとマグロやサーモンなど地中海の新鮮な魚介類が水揚げされる——幸福の島、リビダニア共和国。

「浸ってるとこ悪いけどもう一回言うぞ。あのヤリチン野郎には二度と近づくなよ」

食堂棟の三階にあるカフェテリアでリビダニアに思いを馳《は》せていた琥太郎に、本多《ほんだ》兄弟の左頬にほくろがあるほう・弟の連《れん》がいちごのジェラートを食べながら、ぎろりと睨《にら》みを利かせた。

女性関係が奔放だとの三都井宗佑《みついそうすけ》に関する噂は、情弱な琥太郎でも聞いたことがある。女の子を取っ換え引っ換え、つまみ食いしてはポイしている、というものだ。

「でも僕、男ですよ？」

「闇夜で間違ってとか、泥酔《でいすい》して右も左も分からずとか、あまつさえ宗旨変えしないとも限らないだろ。なんせ鳳城大《ほうじょうだい》きっての、希代のヤリチン野郎なんだからな」

信《しん》のほうはフレッシュミルクのジェラートを食べながら、やっぱり連の言葉を繰り返した。ちなみに、このジェラートはもちろん琥太郎の奢りである。

信の忠告に黙っていると「聞いてんのかよ」と念を押されて頷きつつも、三都井さんいい人だったけどなぁ——と琥太郎は胸の内でこっそり思った。

すっと爽やかな二重瞼に縁どられた眸が漆黒色の鉱石みたいに綺麗《きれい》で印象的だった。きりりとした眉も、彫刻家が造形したかのような鼻梁《びりょう》も男らしく、でもにこっと笑うとちょっとかわいげもあって、そこがいちばんいいなと思ったのだ。

それに見目麗《うるわ》しいばかりじゃない。誤送信されたメールなんて普通は知らん顔しててもおかしくないのに、詐欺メールを見抜いて詳しく教えてくれたし、「お節介かもだけど」と控えめな申し出で気遣ってくれた。ああいう人を男前、っていうんだきっと。

「かっこいい人だなぁ……」

さっきの三都井宗佑で頭の中がいっぱいになり、印象の総括がつい口から出てしまった。元来、思ったことはなんでも言葉にしてしまう性質の琥太郎だ。

「あぁ？」

信と連が同時に険しい顔でジェラートのカップから顔を上げた。

「きのう見たドラマの俳優さんのことです」

百八十五センチはありそうな長躯《ちょうく》に、モデルみたいに均整の取れたスタイル。ショートヘアは清潔感があって、『恋人にしたい・抱かれたい男ランキング』の上位で名前を見る俳優さんにだって引けを取らないのではないだろうか。

「相変わらずのんきなやつ。ただでさえぽわ〜んとしてんだから、ちょっとは危機感持てよ」

呆れ顔の連に、へへ、と笑って返す。

本当の気持ちを言ってはいけない気がして、琥太郎にしては珍しく小さな嘘《うそ》をついた。

嘘をつくのは胸がちくちくするけれど、三都井宗佑についてこれ以上悪く言われるのはいやだなと、なんとなく思ったのだ。だって颯爽《さっそう》と現れて琥太郎を慮《おもんぱか》ってくれたのは揺るぎない事実だから。

それに、彼を好意的に思う理由を問われたら、詐欺メールの件を話さなきゃいけなくなる。さすがにそれは恥ずかしいし、いつも「日本を治安のいい国だと思って安心するな」と忠言をくれる信と連は目くじらを立てて「だから言っただろっ」と怒るに違いない。

ふたりがジェラートに夢中になっている隙に琥太郎はポケットからスマホを取り出して、メール画面をタップした。

宗佑の説明では、詐欺師が返信用のメールアドレスを偽装する際に設定を間違ってる、とのことだった。詳しい仕組みはよく分からないが、つまりこのメアドを登録しておけば、いつでも三都井宗佑にメールを送信できるのだ。

大事な部分に気付いたら、今頃になって急にどきどきしてきた。

日本に帰国して大学に入ってから、信と連以外の学生とあんなに長く雑談をしたのは初めてだったかもしれない。

入学してすぐ、どこへ行っていいのか分からずキャンパスマップ片手におろおろしていた琥太郎に、「そっちじゃねーよ」と声をかけてくれたのが本多信と連だった。独りぼっちで心細かったときに助けてくれたことが凄く嬉しくて、オリエンテーションもついて回り、それから何をするにもふたりと一緒だ。

生粋の日本人の父も、リビダニア人と日本人の間に生まれた母も流暢《りゅうちょう》な日本語を話すけれど、物心ついてからの十四年間をリビダニアで過ごしたため、帰国して一年半経ってもいまだにぽろっとリビダニア語が出てしまう。日常会話ですらついていけないことがしばしば。同年代の若者が使う流行《はや》り言葉や日本のネットスラングに至っては、聞き取るのも困難だ。

日本文化やしきたりについても、完璧な日本人顔のせいで「こんなことも知らないなんて非常識な子」と一方的に誤解されたりする。

信と連は言動こそちょっと乱暴だけど、そんな琥太郎を面倒くさがったりせず、まめまめしくお世話してくれる頼りになる友人だ。お礼にこうしてジェラートを奢ったり、ときには学食での昼食代を持ったりしている。いつも何かと手助けしてくれるふたりへの感謝の思いを受け取ってほしいからで、他に恩返しする手立てを思いつかない琥太郎が願い出たことだった。

持ちつ持たれつ、これまではなんでも彼らの言うとおりにしてきたけど、三都井宗佑の件で初めて琥太郎はふたりにこっそり反発した。

新しい出会いは神様からの贈り物。すべての出会いに意味がある。外見で判断したり、人の噂に惑わされず、自分の目と心でその人の良いところを見つけなさい。そして好きになりなさい——信と連との出会いも神様の教えのとおりだった。だから三都井宗佑との出会いも、琥太郎にとってきっと素晴らしいものに違いないと思う。

せっかくの出会いを大切にするためにも、まずは詐欺メールを教えてくれたことにきちんとお礼がしたい。このスマホの受信ボックスに残っている詐欺メールを検証してほしいという切実な相談もしたい。そして何より単純に、もっと彼と話してみたいのだ。

信と連の目を盗んでこっそり、テーブルの下でスマホを操作していたら「琥太郎！」と呼ばれて、びくっと肩を撥《は》ね上げた。

「次のコマ、第三校舎だったよな。早めに移動すっか」

「そ、そうですね」

あとで。あとで絶対メールしよう。それに慌てたら、おかしな文章になってしまうかもしれないし。

琥太郎は昨晩誤送信したメールアドレスを『みついそうすけ』の名で登録してから、スマホをポケットに戻した。

『件名　今日はありがとうございました。

三都井宗佑様

こんばんは。情報コミュニケーション学部の藤澤《ふじさわ》琥太郎です。

今日は学生食堂でお声かけくださり、どうもありがとうございました。お話の途中でしたのに退席してしまい、たいへん失礼いたしました。

例のメールについてご親切に詳しく教えていただき、とても助かりました。そのお礼もしたいので、今度カフェテリアでお茶でもいかがでしょうか。これまでに受信した他のメールについても気になっているので、お時間があるときでけっこうですので、ご教示いただけたらありがたいです。』

琥太郎の目の前で、藤澤家の家政婦・民子《たみこ》さんが険しい顔つきになっている。

メールの文章がどこかおかしいのかな？

「ので、ので、と繰り返すのはあまりスマートではありません。しかしそんな細かい部分以前に……ハタチの男性が綴《つづ》った文面とは思えないほど親しみやすさが感じられません。こちらのメールは同級生のお友だちにお送りするんですよね？」

「……やっぱり変ですか？　お礼だし、真面目《まじめ》に書くべきかなって思って……」

民子さんは琥太郎が大学入学を機に帰国したときから、藤澤家に通いで来てくれている。

リビダニアで共に暮らしたハーフの母は琥太郎と同じレベルなのでこういうものはあまり期待できないし、企業のＣＥＯである父は仕事が忙しいので帰宅は毎日遅い。一般常識を必要とする事項で頼りにするのは、必然的に家政婦の民子さんだ。

民子さんは四十代前半と聞いている。乱れひとつないおだんごヘアーで、受け答えも佇《たたず》まいもたいへんクール。歯の浮くようなお世辞は言わない。琥太郎としては手放しに褒められるより民子さんくらいものをはっきり言ってくれたほうが主旨を掴みやすく、嘘でごまかしたりしないので信頼できる。

「真摯な思いを伝えつつ、せめて一、二カ所に絵文字や顔文字を入れるのはいかがでしょうか。文章を全部打ってしまってからでもいいんです。これはビジネス文書ではなく、ご友人との円滑な交際のためのメールなのですから」

「……そっか……はい。直してみます」

添削してもらったメールを自分でも読み返した。もう少し柔らかい文面にしたいところだけど、どう言い回しを変えたらいいのか分からない。とにかく文字以外も入れてみようと奮闘する。

「絵文字とか入れてみたけど……これだとどうですか？」

『どうもありがとうございました　(*^_^*)

たいへん失礼いたしました　m(_ _)m

☕　でもいかがでしょうか。』

三カ所に顔文字と絵文字、『ので、ので』を修正するので精いっぱいだった。

「いいと思います。琥太郎さんらしさも感じられます。最後のあたりは顔文字も絵文字もなく、前半がんばって後半で力尽きた観があり、私的には好感が持てます」

「ほ、褒めてますか？」

「褒めてます」

それから民子さんは「では、ご健闘をお祈りしております」と琥太郎の部屋を出て帰っていった。

「はぁ……どきどきするなぁ……」

教えてもらったお礼を……と誘えば「そんなことしなくていいよ」と断られる可能性が高いけれど、これまでに受信した他のメールも見てほしいとお願いすれば、また会ってくれる気がするのだ。

「でも、他のメールが気になってるのも本当だし」

作成したメールを何度も読み返して、じっと画面を見つめ、えいっと送信ボタンをタップする。ほどなくして送信完了を知らせるサウンドが鳴った。

「送った……！」

左手にスマホを持ったままベッドにダイブする。

メールひとつでこんなにまごついたのは初めてだ。信と連に連絡するときはそれほど深く考えずにやり取りできるのに。

名前の漢字が分からないのは失礼だと思って、大学の学生用クラスウェブで『みついそうすけ』を検索することから始まり、『正しい手紙の書き方』なるサイトを参考にして時候の挨拶から始めたものの、あまりにも仰々しいと気付いてそれを消し……かれこれ三十分以上かかって打ったものを民子さんに見てもらった。

「返事来るかな……」

たった一度の親切でなつかれて、面倒くさいやつに関わってしまったと思われないだろうか――一瞬ネガティブな想像をしてしまったけれど、それを振り払うようにえいと起き上がる。

待つよりお風呂《ふろ》に入ろう、とベッドから片脚を下ろしたときメールの受信音が鳴った。スマホに飛びつく勢いのダイブでベッドに逆戻り。受信メールを開くと期待したとおり宗佑からだった。

『件名　こんばんは。三都井です☺

10/15　21:31

わざわざありがとう😊　でもお礼とかは気にしなくていいよ👍！　他の✉のことはまた学食で会ったときでもいいけど、気になるなら明日とか？　俺は二限が始まる前が助かります。午後からバイトなので💪』

「なんかキラキラしてる……」

タイトルに絵文字を使えると初めて知った。本文には動く絵文字も使われていて楽しげ。とにかくいやがられているような雰囲気はいっさい感じないメールだった。琥太郎が送信したメールはあれだけがんばってもほぼモノクロだったというのに。

「信と連はほとんど絵文字は使わないけど、砕けた言葉遣いだから冷たい印象はないし」

周囲はメールより手軽でイラストが豊富な無料通信アプリを使っているらしいが、入学した頃は何もかもが覚束なくて、ツールが増えると対応できなくなりそうだったからアプリを入れないままで今日に至る。

「あ、ぼーっとしてる場合じゃなかった」

光のスピードで届いたメールに返信しなければ。

『ご返事ありがとうございます。では二限の前……十時くらいはいかがでしょうか？　早いですか？　三都井さんのご都合のいい時間を教えてください。場所はどこがいいでしょうか？』

「……うわ、質問ばっかりになっちゃった」

しかも絵文字や顔文字を入れることはすっかり忘れている。『質問ばかりですみません』の一文を追加するのに気を取られて、焦るあまり送信ボタンをタップしてしまった。

「あわっ、僕はまたいちだんとモノクロームなメールをっ！」

色気も素っ気もない、まるで喪中の挨拶状みたいだ。しかも件名を一文字も弄らずに『RE：こんばんは。三都井です☺』のまま返してしまっている。

あまりの自分の拙さに悶《もだ》えていたら、またすぐに返事が来た。

「……三都井さん、メールを返すのが凄く早いなぁ」

宗佑からの返事は『じゃあ九時五十分頃、中庭のコンビニ前で待ってる。おやすみ🌙』だった。

最後の『おやすみ』にドキンとする。メールで『おやすみ』と言われたのが初めてだったのだ。

「僕が友だち少ないからかな。それとも『おやすみ』って言うのが普通だった？」

じゃあね、ばいばい、またあした……ではなく、おやすみ。

家族に使う代表みたいな言葉で、途端に距離が縮まって、だけど踏み込みすぎず穏やかな優しさに溢《あふ》れている。見慣れないものを受け取り、くすぐったいような不思議な心地だ。

新鮮な驚きを覚えつつ、琥太郎は何度も読み返しては瞬《まばた》いた。

『待ってるよ』がじわじわ響いてくる。今日去《さ》り際《ぎわ》に見た宗佑の甘い笑みが脳裏に蘇《よみがえ》り、胸の奥に小さな花がぽつんと咲き、ささやかながらも幸せな気持ちにしばし浸った。

ほんの短い返信文なのに、こんなに嬉しい気持ちにさせてくれるなんて三都井さんは凄い——琥太郎は手放しでそう思った。大切に取っておきたいので、メールに保護をかけ、いつでも見られるように新規メールボックスを作ってそこへ保存する。ほんのりと幸せをくれる花の種みたいな一通のメール。琥太郎は満足げに微笑《ほほえ》んだ。

ヴィンテージジャガードの分厚いカーテンを開け、窓から秋の夜空を見上げる。そうすれば、どこにいるのか分からないその人——宗佑と自分を、幾億もの星が繋いでくれるような気がするのだ。

　リビダニアにいた頃、日本で離れて暮らす父親と電話で話すときもそうしていた。

　東京はリビダニアみたいに星がたくさん瞬《またた》く夜空ではないけれど、日本に戻ってから一年半の間に、向こうでは知らなかったキラキラしたものを琥太郎はいろいろ受け取った。

　街を鮮やかに彩《いろど》るイルミネーション、耳慣れないＪ－ＰＯＰ、触れたことのない色彩の洋服、ちょっと粗暴だけどあったかい友だちの親切も。その中でも宗佑からのふいの『おやすみ』は、琥太郎にとって心をときめかせるとても素晴らしいものに思えた。

　素敵なものを貰《もら》ったら、何かお返しをしたくなる。

　琥太郎は宗佑からのメールに使われていたのと同じ絵文字を苦労して探し、写真を一枚メールに添付して、『ありがとうございます。リビダニアの夜空を三都井さんにも。おやすみなさい』と送信した。

＊＊＊＊＊＊＊

――なんだこのかわいいメールは。

こっくりとしたビロードブルーにちりばめられた無数の星屑《ほしくず》。

琥太郎からのおやすみメールを受け取って、宗佑は添付されていた写真をしばらく茫然と眺めた。

謎の国、リビダニア共和国の星空。スマホのカメラではこれほど綺麗に撮影できないはずなので、おそらくデジカメで撮ったものなんだろう。写真でもこれだけ美しいから、現地へ行けば、吸い込まれそうなくらい壮大な夜の景色が広がっているに違いない。

「リビダニア……どんなとこなんだろ……」

身体《からだ》を放り投げていたベッドから身を起こし、スマホのブラウザを起動させた。

『リビダニア共和国』を検索してみる。ウィキペディアが検索結果のトップで、琥太郎の説明のとおり、長い間鎖国状態だった歴史についても記されていた。

「母国語はリビダニア語、公用語に英語とイタリア語……」

そういえば学食で声をかけたときも「ケ～ナントカ」とよく分からない言葉を発してたっけ。ではあれはイタリア語か母国語なのかもしれない。

あのメールの返信にどうしてリビダニアの写真を添付してくれたのかを察することができないけれど、都心ではお目にかかれないこの美しい星々を見せたかったのだろう。

「行動が予測できないタイプだなぁ……」

琥太郎から『他のメールについても気になっているから教えてほしい』とのメールを受

け取ったとき、悪い気はしなかったがちょっと驚いた。宗佑は元来、頼りにされるとか期待されると燃える気質である。しかし今日初めてまともに会話した間柄だし、まさかあっちからそんなお願いをされるとは思っていなかったのだ。

本多兄弟と仲がいいのなら、詐欺メールについて彼らに相談したっていいはず。しかし困ったときに彼らを頼らないのは、本心をさらけ出すような友人関係になく、ぱっと見の印象どおり単なる財布代わりで、都合よく扱われているだけなのかも？

「なんか弱みでも握られてんじゃないのか」

確信のないことを琥太郎に追究できないけど。いつも一緒にいる友だちではなくて、自分を頼ってくれるのはちょっと嬉しい。

ワンルームマンションの窓越しにチャコールグレーの空を仰ぎ見る。

琥太郎はどの辺に住んでるんだろ――……。

失恋して間もないのに、不思議と心はそれほどささくれ立っていないことにふと気付いた。余命三カ月じゃないなんてよかった、と喜んでいた琥太郎が脳裏に蘇ってむしろ思い出し笑いがこぼれる。

「同窓会の幹事が死んでないってどうして分かるんですか？　だもんな。まいる」

あの会話から尊敬の眼差《まなざ》しを向けられるなんて思ってもみなかった。眸を瞬かせて前のめり。表情や言動がいちいちおもしろい。こっちも思わず笑顔になってしまう。

明日、琥太郎に会えるのが楽しみだ。

琥太郎がくれた写真をもう一度眺めて、宗佑はそのメールに保護をかけた。


約束した構内のコンビニ前のベンチで、いざ琥太郎のスマホを検証してみたら驚愕《きようがく》の事実の連続だった。

いやな予感は的中し、五千円のミュージックカードから数万、数十万円単位の送金・送付・手渡しと、さまざまな手口で搾取されていたのだ。しかも『芸能界を辞めたい。悩み相談にのってほしい』『貴重な財宝をあなたに預けたい』など怪しさしか感じないメールに琥太郎は『お力になれるかどうかは分かりませんが』と、いい人キャラ全開で対応していた。

極めつきは『主人がダイオウイカに食われて半年が経ちました』との悪ふざけとしか思えない詐欺メールだ。ご主人を亡くした喪失感から立ち直ったら性欲が充《み》ち満《み》ちて困っているという、失笑を誘う内容にも琥太郎は真摯に向き合っていた。

「僕は肉欲的な部分でのお相手はできませんが、とそちらは丁重にお断りしたところ、お金さえあれば他に解決の手段があると……。お話をお伺いするうちになんだかかわいそうになってしまって。一回目にたしか二十万、二回目に三十万……？」

「……マジかよ。……しかも大金なのになぜ疑問形」

同窓会会費に十万出す男だ。本人は寄附や慈善事業の真似事《まねごと》のつもりかもしれないが。

「独り身で寂しいっていうダイオウイカ未亡人からの相談に同情したのかもしれないけどさ。そもそも、ダイオウイカは人を食ったりしない」

「……あ……はい……」

分かっているのかいないのか、琥太郎は気の抜けたような声で返事をする。詐欺師に相当な額を搾取されていたと知ってさすがに意気消沈しているのかと思いきや。

「……あの方が未亡人じゃないならよかったです」

覗き込んでみれば、琥太郎は穏やかな仏顔だった。それを見てぐったりと脱力する。

金額的な部分ではまったくこたえていないらしい。途方もない金持ちで、十万、二十万のゼロが一個か二個少ないくらいの金銭感覚かもしれないが、このままでいいものか。

こうして話している間にまたしても琥太郎のスマホには詐欺メールが届き、当事者でない宗佑のほうが頭を抱えた。

「カモリストに載せられてあちこちの詐欺集団に知れ渡ってんだよ。メアドも携帯番号も変えたほうがいい。金の受け渡しに使われた口座や送付先の住所から犯人を捕まえられる保証はないけど、泣き寝入りは絶対に駄目だと思う！」

「お金は……困った人たちに寄附したとでも思っておきます」

これほど無意味な寄附がこの世にあるとは！　アグネス・チャンだってこの発言を聞けば発狂する！

「いやいやあのね、本当に切実に困ってる人たちに寄附しようよむしろ。このまま悪人をのさばらせておく必要ある？　ていうか腹立たない？　藤澤の善意を悪用してんだよ。藤澤が厚意であげたお金を悪事に使ってるかもしれないんだよ？　それで泣かされる人だっているかもしれない。藤澤はそれでいいわけっ？」

きっと金銭的な面での説得には心を動かさない。しかしこの宗佑の力説に琥太郎はやっとはっとしたようだった。

「誰かを泣かせるのは本意じゃありません……」

琥太郎は苦しげに眉を寄せている。

「藤澤が被害届けを出せば、もしかしたら犯人が捕まって、どこかの誰かが助かるかもしれない。もしまだ口座が生きてたら凍結させれば、他の被害を未然に防げるかもしれない」

「えっ、そうなんですか？」

「そうなんですよ！」

なぜか宗佑のほうが必死だ。そうやって熱弁をふるった宗佑に、琥太郎は心なしか潤んだ視線を向けてくる。

やがて琥太郎は神妙な面持ちでひとつ大きく頷くと、すっくと立ち上がった。

「被害届けを出します。僕みたいな人が他に出ないようにするためにも！」

琥太郎が初めてまともな発言をしたことに、ああよかった……とちょっぴり感動すらした宗佑だった。

「三都井《みつい》さん、きのうも今日も、本当にいろいろとありがとうございました」

テーブルに頭をぶつけるかと思うほど琥太郎《こたろう》から深々と頭を下げられて、宗佑《そうすけ》は「警察署に付き添っただけだし」と笑って返した。

きのうは三限が終わってからバイトへ行くまでの隙間時間に、琥太郎と一緒に警察署を訪ねた。しかしメールの履歴はもちろんのこと、送金や送付を証明できるものを添付しないと被害届けを受理してもらえないと分かって出直すしかなかったのだ。

琥太郎は証拠として提出できそうなものを一日かけて揃《そろ》え、今日も宗佑が付き添って警察署を再訪した。琥太郎ひとりで行かせるのはなんとも心許《こころもと》ないと思ったからだ。

待ち時間やら事情説明を合わせて三時間ほどかかったけれど無事に受理され、署を出たら日も暮れてちょうど食事時。どうしてもこれまでのお礼がしたいからと琥太郎から強い誘いを受けて、今はファミレスの席に向かい合って座っている。

このファミレスに入るまでに、店選びで揉《も》めに揉めた。有名な銀座《ぎんざ》の寿司店に電話をかけようとしたり、店の入り口からして格式高い雰囲気のレストランに案内されそうになったり。今日は普段着だからまた今度、と宥《なだ》めたら琥太郎はやっと頷いてくれたのだった。

琥太郎はメイドコスプレみたいな制服のウェイトレスににこにこ顔でお辞儀をして、広げると身体が隠れそうなくらい大きなメニューをおっかなびっくりで受け取った。

「ファミレスって学食とそう変わらないくらいのお値段なんですね」

「えっ、来たことないの？」

「はい。父や母とレストランには行きますが、ファミレスは初めてです。メニューにお料理の写真が載せてあって分かりやすいですね！　凄くおいしそうです。あっ、三都井さん、どうぞお好きなものをお召し上がりください」

この様子だとファストフードやB級グルメは口にしたことがないんだろうな。

「サイコロステーキとハンバーグ。ライスの大盛りとみそ汁のセットにしていい？」

「それだけですか？　ワインなどもお召し上が……ケレオッ、グラスワインが二百円っ？　三都井さん、これは印刷ミスでしょうか」

「ミスじゃないし、俺はお酒はすぐ酔っ払うから今日はやめとく。ていうか、ケレオ？って何？」

無意識に発した言葉を指摘されて、琥太郎はあっという顔をした。

「興奮すると、いまだにリビダニア語が出ちゃうんです。日本語で言うなら『ほんとに？』『マジで？』みたいな若者言葉で」

ケレオ、と真似してみると、琥太郎に「ケレオッ」と発音を直された。最初に話したときに出た『ケ～ナントカ』……もう忘れたけど、あれもやはり母国語だったようだ。

「セットの他には？　ご遠慮なさらず、どうぞ」

どうしても他に何か注文しろと言ってきかない。お礼がしたくてたまらない琥太郎としては、なんとしてもここで最高のおもてなしをしたいと必死なのだろう。食後にデザートが食べられそうだったら、と琥太郎をどうにか落ち着かせる。

琥太郎はしばらく巨大なメニューとにらめっこしていたものの、ウェイトレスが来ると宗佑と同じメイン料理にパンとスープをチョイスした。

琥太郎は騒がしい店内を遠慮がちに一度だけ見渡して宗佑のほうへ身を乗り出し、「みなさん楽しそうにお食事されてますね」と嬉しそうに笑う。

「子供連れのファミリーが周囲にあまり気兼ねなく食事できるところだから。高校生とか、大学生の客も多いよ」

「そういえば僕、子供時代に家族揃って外食した思い出がないなぁ……」

琥太郎の柔らかな目線は、四人家族が談笑しながら食事するテーブルに向いている。

「子供の頃、喘息《ぜんそく》を患《わずら》っていたんです。父は仕事で日本を離れられませんでしたし、僕の身体を気遣って、母の故郷であるリビダニアの祖父母のもとに移住しました。いつ再発するか分からないから、環境のいいリビダニアに少しでも長くいたほうがいいと両親は考えてたので、結果的に十四年も父と離れて暮らすことになってしまって。今は完治して、元気なんですけど」

「あぁ、おとといメールに添付してくれた夜空の写真、凄く綺麗だった。こっちと比べものにならないくらい空気が澄んでるんだろうな。……じゃあそんなに長い間、お父さんとはあんまり会えなかったってわけ？」

「あっちに移住した当初はまだ鎖国の状態でしたし、父の入国許可が下りずに会えない時期もあったので。だから今その反動なのか家族で外食することが多いです。さっき入ろうとしたレストランも父と母とよく行きます」

子供思いの優しい家族に愛情をたっぷり注がれてまっすぐ清らかに育ったのだと、これまでの言動や柔らかに語る琥太郎を見れば分かる。こっちまでつられて、ほわっと口が半開きになってしまいそうだ。

「三都井さんはもともと東京の方ですか？」

「うん。実家もひとり暮らししてるところも目黒《めぐろ》。俺がまだ小さい頃に母親が亡くなったから、親父《おやじ》と三兄弟の男所帯で育ったよ。兄貴ふたりとはちょっと年が離れてて、どっちも実業団のマラソンとバスケの選手なんだ」

「お母様、そうだったんですか……。でもお兄様たち、凄いですね！」

「好きなことやれ、ただし中途半端は許さない、っていう親父でさ。早期自立推進なんだ。いちばん上の大佑《だいすけ》は中学からマラソンのために寮生活してたし、二番目の友佑《ゆうすけ》も高校卒業したらNBA目指すってアメリカ行っちゃったしな。今はふたりとも東京に戻ってるけどね。だからか、うちもあんまり家族揃って外食の記憶はないなぁ」

そんな話をしているうちに、注文した料理がテーブルに運ばれてきた。

琥太郎は食べる前にキリスト教の信者がするようにぎゅっと手を組み合わせてお祈りをしている。ぶつぶつと何か呟《つぶや》き、最後に「リビダバビダ～リビダバビダ～」と謎の呪文みたいな言葉を唱えたからつい小さく噴き出してしまった。

「リビダバビダ？」

「リビダバビダ教の、食前のお祈りです。……もしかして嗤《わら》ってますか」

「だってっ……ご、ごめん、ビビディバビディって、魔法使いがシンデレラに魔法をかける呪文に似てるなって」

響きがおもしろくてどうしても顔が笑ってしまう。すると琥太郎は険しい顔つきで唇をきゅっと引き結び、「冒瀆《ぼうとく》に値するので嗤っちゃ駄目です」と最後は下を向いてしまった。

「わ、あっ、ごめん。そんなつもりじゃ……」

大慌てで謝ると、ますます下を向いてしまう。そうだった。琥太郎は丸いものには神様が宿っているから丸椅子には座れないというくらいに、その宗教を深く信仰しているのだ。

「ごめんなほんとに！」

琥太郎はこくっと頷いたけれど、今度はなかなか顔が上げにくいらしく「こちらこそすみません。空気悪くしました……」と肩をしょぼんと落としている。

「信仰心は他人に押しつけるものじゃないって、分かってるんですけど……」

「やっ、ぜんぜん！　悪いのこっちだし。えと、藤澤《ふじさわ》、顔上げようぜ。あー、こた……琥太郎くーん？」

名前で呼んだら、ようやく目線が上に向いた。

「アツアツのうちに食べよ、な？　……あ、これ俺の奢りじゃないけど」

宗佑のひとりツッコミに琥太郎が笑って、明るく「はい」と頷いた。

琥太郎の説明によると食前のお祈りは、料理の中にある丸いものをいただきます、とりビダバビダの神に感謝する意味での儀式らしい。

「丸いものには神様が宿っているんです。食物は神の恵みなので食べますが、足で踏んだり、お尻に敷いたりはできません」

「世の中に、丸いものって案外多いよな」

ふと目の前を見ただけでも、食器はたいがい丸いし、にんじんグラッセは輪切りで、ハンバーグも楕円形。

「だから『神様はつねにあなたを見守り、あなたの行いを見ています』と教えられて育ちました。リビダニアにはリビダバビダ教以外の信徒もいますが、犯罪が少なくて、とても平和な国です。僕の周囲にいたのは、リビダバビダの神が共にいてくださるのだと信じる、穏やかで優しい人たちばかりでした。とくに祖父は『困っている人がいたら、助けられる者が助けてやりなさい。自分にその力がないなら、一緒に助けを求めてやりなさい』と」

そんな環境で素直に育てば、悪意さえ見抜けないほど他人を信頼してしまう、琥太郎みたいな純粋培養の無垢《むく》な人間になるのかもしれない。

そもそも琥太郎が詐欺メールにいちいち返信していたのも、相手がかわいそうと同情したり、困っている人を助けたいとの気持ちからだった。しかも琥太郎は金銭的に余裕があるから、できる限りは協力したいと思ったのだ。

誰も彼もが琥太郎のような人格なら世界は平和なのかもしれないが、それは琥太郎に向かって詐欺師になれというくらいきっと無理なことだ。

食べている最中にも、琥太郎のスマホには相変わらず詐欺メールが届いた。スマホを新調しても、今後いっさい返信しないで削除するようにと琥太郎に言ってきかせてある。

「捕まらなければ詐欺師は野放しで、こうやって詐欺メールを送り続けて、善良な人間が損するなんてな。被害届けって書類一式を受け取ってもらっただけで、実際に捜査してもらえるかは分からないし。なんだかなぁ……」

「えっ、そうなんですか？」

「同じ詐欺師から金銭を騙し取られたとかで被害者たちが結束したり、おとり捜査みたいなかんじで現行犯逮捕のチャンスがあるとかじゃないとなかなか難しいらしい」

父親は公認会計士で、知り合いに弁護士なども多いから少し話を訊《き》いてみたのだ。

納得できない現実にふたりでため息をついたとき、ふと、宗佑の頭にある良案が閃《ひらめ》いた。

「……そっか。藤澤が逆に詐欺ればいいんだ」

「えっ？」

「メールのやり取りして、騙されたふりするんだよ。最近の詐欺メールはお金を口座に振り込ませる手口じゃなくて、ほとんどが郵送か手渡しを指定してただろ？　私設私書箱とか代行業者を窓口に利用して。だから今度、送付を要求してきたやつに……」

「……詐欺師に仕返しするってことですか？」

宗佑からの提案の最中に、琥太郎は複雑な顔をした。

「このままただ携帯番号やメールアドレスを変えて……ってさ、なんでこっちが尻尾《しっぽ》巻いて逃げるみたいになってんだって考えたらちょっと悔しくない？」

「愛には愛が、憎しみには憎しみしか生まれません。リビダバビダの神の教えです」

頑《かたく》なに首を振る琥太郎に、「そうじゃなくて」と宗佑は笑った。

憂鬱な表情の琥太郎を手招きして、思いついた計画を説明した。

ファミレスで食事をした翌日、夕方に琥太郎とカフェで待ち合わせた。琥太郎は生まれて初めての悪事を働いたような顔で、少し落ち着かない様子だ。

「メール、うまくいった?」

「はい。あちらは気付いていないと思います」

「まぁ、藤澤はいつもと同じかんじでメールのやり取りしただけだしな」

琥太郎は騙されたふりをして、金の送付先となる住所を入手していた。思ったとおり、そこは都内の私設私書箱。あとはそこに送りつけるだけだ。

必要なものは自宅から持参した。こんなことに送料以外の金なんてかけたくないから。

「……何をするつもりですか?」

「まぁ、見てて」

材料は牛乳パックと輪ゴムとハサミ、そして演出に必要な紙吹雪《かみふぶき》。工作道具みたいなものを鞄《かばん》から次々と出す宗佑に、琥太郎は目を丸くしている。

牛乳パックを三センチ幅の輪切りにして対角線の一方に切り込みを入れ、そこに輪ゴムを引っかける。バネになるように平らに潰して畳み、それを重ねて箱に詰めたら。

「こういうの子供の頃に作ったことない?」

「どういうものかなんとなく分かりますけど、実際には……」

「うまくいくか、ちょっとテストな」

子供でも作れる簡単な仕掛けのびっくり箱を、「開けてみて」と琥太郎のほうに押しやる。開けたらどうなるか予想ができるものの、琥太郎は恐る恐るといった様子で上蓋をそっと持ち上げ……途端に、畳まれていた牛乳パックが箱の外に思いきりどばばばっと飛び出した。テストだから紙吹雪は入れなかったが、派手に弾《はじ》け飛んだ仕掛けが四方八方、カフェテーブルの下にも散らばっている。その間、琥太郎は上蓋を両手で持ったまま固まっていた。

「すみません。すぐに片付けます」

周囲に客はいなかったものの、宗佑は店員に向かってぺこぺこと頭を下げた。

「……藤澤？」

テーブルの上の仕掛けを片付けている琥太郎の顔を覗き込んだら、肩をぷるぷる震わせて笑っている。

「実際は紙吹雪も一緒に舞うから。道ばたで開けたらそれはそれで格好《かっこう》悪いし、室内だと掃除しなきゃだし、地味にいらいらっとくるだろ？」

琥太郎はせり上がる笑いをこらえながら「分かりますからもうやめて」とでもいうように、宗佑の腕をぎゅうぎゅうと握ってきた。

「い～んだよこれくらいやっても。で、俺の壊れてるモバイルルーターを『このGPSで通報する』ってハッタリで同封しとく」

小型の機械を琥太郎に見せて、それを箱の底に入れた。

憎しみには憎しみしか生まれない、という博愛主義な琥太郎でも、いたずらレベルの仕返しならきっと心は痛まない。

カフェを出て、びっくり箱を仕込んだ荷物を琥太郎自身が投函した。もともと仕返ししてやろうとは思っていなかっただろうけど、琥太郎の表情は清々《すがすが》しく見える。

「三都井さん、ありがとうございます。これであちらが心を入れ替えてくれたらいいんですけど」

これでしょげるようなやつなら詐欺なんてやらない――でももうあえてそれは言わないでおいた。あれもこれも詐欺メールだったと知ってもなお、恨み言どころか琥太郎は相変わらずの仏顔だ。

「しつこいようだけどもう今後絶対、変なメールに返信しちゃだめだからな」

宗佑からの再三の忠告に琥太郎はにっこり、「はい」と頷いている。

またここで例によって琥太郎から「ぜひお食事でも」と誘われた。お礼とか考えてるなら気にしないでいいから、とそれを遮ると悲しそうな顔をさせてしまい、「学生が気軽に入れそうなところで！」と目についたカジュアルイタリアンのお店に入った。

周りはカップルや女子のみなさんでいっぱいだ。

『詐欺師やっつけたぞの祝杯』に託《かこつ》けてワインを一本オーダーし、テーブルにはオードブルやサラダが先に並んだ。いつものように琥太郎は食前の祈りを捧《ささ》げ、宗佑は四十秒近くかかるそれを見守ってから、最後の『リビダバビダ～』のところで一緒にいただきますと手を合わせた。

「毎日こんなことに付き合わせてしまって。恐れ入ります」

「もうお礼名目は今日のこれで、最後な。これからは普通に、ごはん食べに行こう。ちゃんと俺も自分の分は出すし」

琥太郎は込み上げる嬉しさをこらえてはにかんで「はい」と頷いている。

「三都井さん、ほんとにいい人ですね。おモテになるんでしょうし、僕に付き合って毎日こんな……あっ、女性をお待たせしたりしてませんか？」

「いやいや、ほんっとモテないから」

「前もそんなことをおっしゃってましたけど、まさかそんな」

「ほんとだってば。先週ふられたばっかりだし。なんか、ぜんぜん続かなくて」

琥太郎のおかげで詐欺師対策や被害届け、仕返しをどうするか、に頭を使ったせいで、幸いにも失恋で落胆する暇はなかったが。

「でもまた新しい彼女さん候補がすぐに現れるじゃないですか」

「いや……その辺り勘違いしてるようだけど。ウザい、キモいってたった三日とかでふられるのばっかり。軽く遊ばれたのかな～みたいなの、ザラだし。俺の二十年間でまともに『交際した』って言える付き合いってあったかなぁ……」

琥太郎はぱしぱしぱしと瞬いて、「どうして」と、こっちが訊きたいような疑問を返してきた。

「毎日いろいろと相談にのってくださって、こんなに思いやりいっぱいで、僕にすら親切にしてくださるのに」

「藤澤ってほっとけないかんじだし……っていうか、こういう俺の構いたがりな性格がウザいって評価に繋がってると……自分で分析してへこむわー」

「そんなっ……僕はとても嬉しかったですよ？　三都井さんが教えてくださらなかったら僕はこれからもずっと騙され続けていたでしょうし、ひとりでは被害届けなんて出せなかったと思います！」

必死に慰めようとしてくる琥太郎に「ありがと」とがっくりしながら頷く。

「でも分かってんだ。俺が恋愛に夢見すぎてるってこと。理想ばっかり積み上げて頭でっかちになっちゃってるのが、そもそも駄目なんだろうなーとかさ」

「三都井さんは理想がお高いんですか？」

ぐびぐびぐびと、琥太郎はけっこうなハイペースでワインを飲んでいる。

「じつはさ……俺、女の子と付き合ったの、大学入ってからが初めてなんだよ」

琥太郎は「ええっ!?」と本気で吃驚《きっきょう》の叫びを上げた。

驚愕の新事実を知ってもなお「ほんとなんですか？」と琥太郎は疑心暗鬼だ。

「高校までモトクロスやってたんだよ俺」

「モトクロス……？」

モトクロスは未舗装の周回コースを走って順位を競うオートバイ競技のひとつだ。下はキッズやジュニアが出場する大会から、高校生も出場できるような地区大会、そして全日本……と『日本最速の男』の称号をかけて戦う。

「朝から晩まで、年がら年中モトクロス。十七歳のとき全日本大会で優勝して、燃え尽きたんだろうな。『あれっ、そういえば俺今までに一度も恋愛してない』って唐突に気付いたんだ」

はっと気付いてから周りを見たときには、ちゃっかり恋と青春を謳歌《おうか》している面々がクラスに大勢いた。

「受験勉強しながら、もしも大学で恋人ができたら毎日メールして毎週デートして、ラブい写真いっぱい撮って、恋人行事は一緒に過ごして～って盛大に妄想してた。そうやって頭で捏《こ》ねくり回した恋愛への執着、執念を女の子に全部ぶつけちゃうんだよな」

「あぁ……理想って女の子の好みのことじゃなくて、恋愛の、こうありたい・こうあるべき、みたいな願望ですか？」

宗佑の説明に熱心に耳を傾けて、琥太郎は意外と的確に問いかけてくれる。

「そう！　もうそういうのが頭ん中にみっちりぎっしり詰まってるんだ。憧れの男女交際、がんばるゾッ！　っていう鼻息で相手が吹き飛んでるってカケル……友だちに言われる」

そのとおりだと思うので、カケルの忠言を思い出してまたぐったりと項垂《うなだ》れた。

「でもお相手を想っての行動なんですよね。いいじゃないですか」

「それが結局独りよがりになってるんだろうな。メールにしても、超ウザいって。しまいには着拒されるし」

「ウザ……って何がそんなに……」

「メールの数も内容も。何食べたとかこんなの見つけたとかの他愛《たわい》のない報告・連絡・相談とか細かにしちゃう。でもそういうの『俺通信』って嘲笑の対象らしくて」

琥太郎は調子よくワインを飲んで、宗佑の話に「なるほど」「そうなんですね……」と相槌《あいづち》を打ったりして終始真剣に聞いてくれた。

「でも、お話をお伺いしても、三都井さんのは楽しいメールのようです」

「それがさ……相手からの返事が遅いとつい心配で安否確認メールまで送ってしまうんだ。最初はよくても、相手からすると『この先ずっとこの調子って想像したら頭が痛くなる』って。中には『こっちはそんなに暇じゃねーんだよッ』が最後の言葉だったこともあったな……。あとから数えたら日に二百通送信してた」

琥太郎の目がテンになっている。でもすぐにはっとした顔をして、宗佑のグラスにワインを注いでくれた。

「それに俺、記念日大好きなんだ。プレゼントとデートのためにバイトしてるようなもんだし。なのに『テンプレどおりでつまらない』って不評であっという間にふられるから、あれこれ計画立てて妄想デートするばっかりでもう二カ月、いや三カ月はまともなデートしてない」

「何しても嬉しいって言ってくれる人との、新しい出会いがありますよ！」

「……そうかなぁ。俺のこの性格が直んないと、相手はもちろん、俺も、幸せになれないよなって」

「そうですか？　直すことないと僕は思うんですけど」

「このまま一生独りかも」

琥太郎はぶんぶんと首を振って必死に否定してくる。

「だって三都井さんからいただいたメール、どれも凄く素敵で嬉しかったです」

「素敵？　……って褒められるようなメール返したっけ」

「楽しくて、あったかくて、僕はとても感動しましたから。でも、相性とかはあるかもしれません。人と人とのお付き合いなので、がんばっても歯車が合わず、うまくいかないことだってあります。だからって新しい出会いに臆病になって、もう無理なんて思っちゃ駄目です。どんな出会いにも意味がある。新しい出会いを前にしたら、過去のつらい経験はリセットしなきゃいけないと、リビダバビダの神から教わりました」

にこにこにこぉ～無垢な天使の笑顔が目の前にある。

「……そう……だよな。うん」

懸命に慰めてくれた琥太郎の言葉と笑顔に、実際ほっと和らいだ心地になった。癒やされオーラに包まれて、なんだかまったりしてしまう。

ちょうど新たに運ばれてきた料理を、冷めないうちに食べましょう、と勧められた。

しかし、つまり琥太郎はこれまでも過去の経験が脳内リセットされて、何度も騙されてきたということじゃないのだろうか——なるほど、と別の意味でもとても納得できた。

「で、どんな出会いにも大切な意味があるから、他人の噂話や印象だけで否定から入っては駄目です、とかいうかんじ？」

宗佑の問いに、琥太郎は「それはもちろんです」と大きく頷いている。

宗佑はその問いかけをするに至った、このところ気になっている疑問を切り出した。

「あの本多《ほんだ》兄弟は、藤澤が俺と会ってること知ってるの？」

こちらとしてももともと好印象じゃなかった上に、あれだけあからさまに絡《から》まれたのだ。

明日は月曜日。一日と空けずに琥太郎と外で会っておいて、大学構内で他人行儀な態度なんて取りたくない。

「……言ってないので、知らないと思います……」

しゅんとされてしまった。あんな威嚇射撃を目の前で繰り広げられたら言いにくいだろうな、と琥太郎の気持ちは察するけれど。見目や印象で疎まず分け隔てなく受け入れるべし、との教えで育った琥太郎ゆえに、彼らの人格を否定しないのかもしれない。

「でも怒るよね、あの人たち。構内では、あんまり俺から話しかけないほうがいいかな」

と言いながら、ちょっと声に拗《す》ねたようなニュアンスが混じってしまって失敗だ。

「いえっ……あの、普通に話したい、です。三都井さんさえよろしければ、これからも仲良くしてください。今後、三都井さんとメールのやり取りもできたら嬉しいなぁと……思ってるんですけど。……変ですか？」

「いや。俺のメールを褒めてくれたの本気だったんだ、って……そっちにびっくり」

「詐欺メールに一件一件返信してたくらいですし、僕も三都井さんと同じで、詐欺師さんからのお返事が遅いと心配になったり、そういうところ僕たち似てるかな、って」

相当強引な『僕と似てる』理論だけど、全面的に否定できないのはなぜだろう。つまり似たもの同士ってことなのか。

「……藤澤みたいな子がいたらいいのに、うまくいかないな。ないものねだりで人生を寂しくしてんのは自分自身なんだし、やっぱり……気が合う子を探すより、俺が変わるべきなのかも。ひと呼吸置いて、ちょうどいい距離を取るとか、さ」

頭で考えたとおりに行動できないから歯痒《はがゆ》いが。

すると琥太郎から予期せぬことを提案された。

「よかったら僕、お付き合いしますよ。お付き合いさせてください」

「え？」

琥太郎は何やら眸をキラキラさせている。

何を言いだすのか、と一瞬面食らった。

「三都井さんに彼女さんができるまで、僕がそのちょうどいい距離感を保つ練習台といいますか、つまり、恋のリハーサルをするんです。メールだけじゃなく、円滑な交際をするためにデートのシミュレーションをするのはいかがですか？　そうすれば落ち着いて本番に臨めますし、何かしら役立つと思うんです」

「俺と藤澤で、きたるべきときに備えてデートするってこと？」

琥太郎はにこにこと満面の笑みを浮かべて大きく首肯した。

「それに三都井さんがどのようなデートを望まれているのか、個人的にとても気になります。僕のほうこそちゃんとした交際の経験がないですから、恋愛のみならず人付き合いや人間関係を築く上でも、学ぶべきところが多々あると思うんです」

男友だちを誘ってデートスポットの下見をする、というのはまぁ、あるといえばある。

それをちょっと濃くしたようなかんじだろうか。

「練習台になるなんて生意気な申し出をしましたけど、こちらこそぜひ勉強させてください。だからあの、信《しん》と連《れん》がいるときは話しかけづらいかもしれませんが、僕はちゃんと自分の意思で、いろんな方とお付き合いしていきたいんです」

双子と付き合うのも琥太郎の意思なら、あのふたりに引っ張り回されているというイメージは、もしかして勘違いなのだろうか。

「あぁ、そうなんだ。じゃあ、はい……えと、これからも変わらず、よろしく」

「僕でよろしければ、三都井さんの未来の恋のため、微力ながらお手伝いをさせてください。ふつ、ふつ、あ、ふつか者ですがよろしくお願いします」

——ふつつか者が言えてないし。

握手を求められて、宗佑も笑いながらその手を取った。琥太郎は嬉しそうにぱあっと満開の笑顔になり「もう一度乾杯です」とグラスを掲げ、それに宗佑も応じた。

「じゃあさ、同じ年なんだし、名前で呼び合おうよ。俺は友だちからは『宗佑』って呼ばれてる」

「……呼び捨て、ですか？」

「本多兄弟のことは呼び捨てじゃん」

「う……」

最初の印象のせいで、いちいちこんなことまであのふたりに対抗心を燃やしてしまう。

琥太郎は少しばかり視線を泳がせてから、宗佑と目を合わせた。緊張の面持ちでまっすぐに見つめられ、図らずもどきっとさせられる。

「……………宗佑」

少し照れくさそうに呼ばれて、胸の辺りが妙にくすぐったい。

「うん。じゃあ藤澤のことは、琥太郎って呼んでいい？」

琥太郎ははにかんだような笑顔を見せ、「はい」と頷いた。

＊＊＊＊＊＊＊

「やったぁ……」

琥太郎《こたろう》はスマホを手にベッドに転がった。バスローブの袖口でディスプレイを拭いてもう一度眺めればつい浮かれて、「たはっ」と嬉しさが唇からこぼれてしまう。

そこに映し出されているのは、友だちになった記念にと、店内でワインボトルを掲げた宗佑《そうすけ》とふたり強引に並んで撮ったセルフィー。宗佑はほろ酔いで、目尻がとろんと下がっていて、いつものきりりとした表情も素敵だけど、こういう油断しているときの彼はなんだかかわいくてどきりとさせられる。

これまで話したことがなかった宗佑に学食で声をかけられてから四日。

大学に入り、信《しん》と連《れん》以外で初めて自分から積極的に動いてできた友だちだ。琥太郎はその写真をいつまでもにまにまと見つめた。

大学内で自分が浮いているのは承知している。

得体の知れない国からの帰国子女で、同じ年頃の人たちが使わないような敬語交じりの言葉使いが変だと分かっているし、丸い椅子には座れないという得体の知れない宗教の信者で、食事の前に唱える祈りをくすくす嗤われているのだって知っている。同じ学部・コースの人たちからなんとなく遠巻きにされているのを感じながら、でも、気付かないふりをしていた。信と連がいつも近くにいてくれて、寂しくなかったおかげでそうしていられたのだと思う。

食前のお祈りを最初は宗佑も嗤ったけれど、なぜだか「嗤っちゃ駄目です」とストレートに言えた。なんとなく、彼はそれで腹を立てたり「宗教？　キモい」と距離を取ったりしない人だと感じていたからかもしれない。それにさっきのお店で食前の祈りを捧げたときに、最後の『リビダバビダ』のタイミングで宗佑も「いただきます」と一緒に手を合わせてくれたのだ。日本の礼儀作法とのコラボを自然とやってくれるなんて、そのさりげなさが男前すぎると内心で感激した。

宗佑はいつも居心地のいい優しさで受けとめてくれる。宗佑はいやな顔をしないし、ぜんぜん怒らない。

「詐欺メールの件が信と連にバレたら、どう言われてたか想像するだけで怖い」

いろいろと気にかけて心配するからこそ厳しい叱責をくれる信と連だけど、この件ばかりは宗佑に相談できてよかったと思う。バイトをしていて忙しいだろうに、警察署に二度も同行してくれて、言葉だけじゃなく親身になってくれた。宗佑は外見だけでなく中身もジェントルマンだ。

今日のイタリアンを奢ったのは自分だなんてことはまったく頭になく、宗佑にお礼を伝えようとメール作成画面を開こうとしたとき、スマホがブブッと震えた。

「っわ、びっくりした」

ちょうどその宗佑からのメールだった。受信のメロディが鳴りやむのも待てずにメールアイコンをタップする。

『件名　今日はありがとう😊

10/18　23:38
今日のイタリアンもおいしかったな。ありがとう。結局二度も奢ってもらっちゃって。

次からは絶対に割り勘で！

それにしても琥太郎はけっこう🍷飲むからびっくりした😲　でもぜんぜん顔色変わんないな。琥太郎とサシで飲んだらマジで潰される💀って思った。だから一緒に飲むなら、ぜひ俺んちでお願いします。』

三回は読み返した。動く絵文字も交ぜつつ、宗佑からのメールはジェリービーンズをちりばめたみたいにカラフルだ。楽しかった、という思いが伝わるのが嬉しい。

文面を読む限り、またふたりで食事しようと誘ってくれていると解釈していいだろうし、いちばん最後の言葉に顔が緩んでしまって仕方ない。

「家に行っていいってことかな。そうだよね」

日本に戻ってから、誰かのお宅にお邪魔する機会がなくて、初めて伺うのが宗佑の部屋なら願ってもないお誘いだ。

宗佑は実家が所有するマンションのひと部屋を安く借りていると話していた。

「マンションっつっても古いんだけど」と謙遜する宗佑は堅実で、ちゃんとバイトなどして自立しようとがんばっている。反対に自分はいまだに元麻布《もとあざぶ》の実家住まいで、何かというと家政婦さんに頼りきり。バイトは一度も経験がなく、同じ年なのに物知りで大人の彼に比べたらいろいろと覚束なくて恥ずかしい。

日本の生活に慣れるまではと両親から言われるままだったけれど、いつまでも甘えていていいのだろうか。もうそろそろ独り立ちすることを考えるべきなのかもしれない。

『件名　RE：お礼を言うのはこちらのほうです
こちらこそ、本来ならばお休みのはずの週末にいろいろとお付き合いいただき、ありがとうございました　これにこりず、今後ともよろしくお願いいたします。またごはんをご一緒してください
リビダニアでは酒類は十六歳から飲めるので、飲酒歴なら宗佑よりあります！　リビダニアのワインはおいしいと評判なので、自宅にあるものでよかったら持参します』
宗佑の部屋に行きたいな、ともっと明確にアピールしようか迷って、送信するのにやっぱり二十分くらいはかかってしまった。するとわずか数分で受信音が鳴った。
『件名　のんべえくん
10/19　00:04
琥太郎と家飲みこえ～　マジで俺んこと潰す気だ？　瞬殺されるのが目に見えるから、今日からウコンを飲んで鍛えとく　あ、でもワインに合う料理は作れるかなぁ。俺が作るやつは手間をかけず安くてそこそこうまくて（※自画自賛）腹いっぱいになる、みたいなやつだから。琥太郎は料理得意？』
いきなり『のんべえ』が分からずに慌ててネット検索。
『件名　RE：のんべえは戦力外です
僕は食べる・飲むばかりで、作ったことがありません。でもうちの家政婦さんに頼めば、

ちょっとしたものを用意してくださると思います』

ナチュラルに家飲みの話になっていて、ずっと胸の辺りがくすぐったい。ウキウキしながら返信文を綴り、また送信する。

『件名　わお

10/19　00:21

琥太郎んち家政婦さんがいるのか　言えば作ってくれるんだすげー。なんか俺の部屋見せるの恥ずかしくなってきちゃったな。』

宗佑からの返信を読んで「なぜだか引かれてる……」と固まった。

そうだ。家政婦さんが自宅にいるほうが稀《まれ》なのだと信と連に言われたのだ。ブルジョワめいた自慢臭で引かせたなら困る。宗佑の部屋へ行きたいのに、これのせいで頓挫してしまったらいやだ！

「ど、どうしよう。なんて返事書こう」

ベッドの上に正座で、時間ばかり過ぎていく。受信してからあっという間に十五分以上経ってしまった。

「あ……お父様の行きつけのレストランでテイクアウトってできるのかなぁ」

家政婦さんは一般的ではないけれど、レストランはどこにでもあるから普通だ……というのが琥太郎のズレた結論だった。

ミシュランガイドで星がついているレストラン。味に間違いはないし、前もってシェフに相談すれば自宅にも来てくれたくらいだから、できないことはないはず——と、家政婦さんにお願いするよりグレードがだいぶ上がっているのに気付かない琥太郎である。

『件名　RE：何か買っていきます。
宗佑の部屋に行きたいです。』

さんざん悩み、考えすぎて、もはやまともな思考力を失っている。

「わぁ、もう……行きたいって言葉しか出てこない。だって行きたい！」

いつまでももだもだしていては、返事が返ってこないと心配させるかもしれない。うねくねとベッドの上で転がって、最後は勢いだけでえいっと送信ボタンをタップした。

「……日本語不自由すぎる……」

俯《うつぶ》せでバスローブのフーディーを引っ張って頭から被《かぶ》り、もこもこのウェアに埋もれる。いつもならもうちょっとマシなのに——残念な自分を詰《なじ》って、いたたまれずにベッドに潜り込んだ。

いくらもしないうちにシーツに伏せて置いていたスマホが、上掛けの薄暗い中で軽やかな受信音を響かせた。寸前までうねうねしていたのにいっきに嬉しさが湧き上がり、間髪を容《い》れずにタップする。

『件名　じゃあ

10/19　00:42
今週の金曜日は？　俺はバイトが入ってて上がりは二十一時頃。そんな時間でもよければ☺　土曜日でもいいけど、今度の土曜はバイト終わるのが二十二時過ぎるんだよね。』
一読で跳ね起き、「やった！」と小さく叫んでガッツポーズした。頭の中にぽんぽんぽんと色とりどりの花が咲いたような幸せな気分になる。
『件名　RE：じゃあ
金曜日がいいです！　ワインは赤と白、どちらがいいですか？　他にお好みのお酒はありますか？　あと苦手な食べ物はありますか？　和・洋・中・アジアン系だったらどれが好きですか？　甘いものだったら和菓子と洋菓子、どちらがお好みですか？』
質問攻めだけど、どれも訊いておきたいことばかりだ。今度はまごつかずに送信できた。するとまた光の速さで返信が来る。
「ワインは赤白持っていけばいいか。あ、乾杯はシャンパンがいいよな。……そうだ！リビダニアから持ってきたお酒がまだあったかも」
持っていくもののリスト、なるものをメモ用紙に作成していたら、またスマホが鳴った。
『件名　分かってると思うけど
10/19　00:59
パンツ持ってこいよ☆』

「パンツ？　……はっ！」

そうだ。二十一時にバイトが終わるということは、どんなに急いでも家飲み開始はさらに一時間後くらいになる。

「お、お泊まりセット用意しなきゃ。新しいパンツあったかな。いや、スタートが遅いんだし、お風呂は家ですませてからお伺いしたほうが……。あ、今着てるこのバスローブは持っていきたいからクリーニングしてもらおう」

ワインにシャンパンに、とあれこれ持参することを考えたら収納力のあるバッグが必要だろうか。明日、民子《たみこ》さんにスーツケースをどこに置いたか訊かなければ。

「こんなちっちゃなメモ用紙じゃ足りない！」

たかが一泊なのに、「ご旅行ですか？」と問われるくらいの荷物を詰め込むつもりで、五日も前から準備を始めた琥太郎だった。


「琥太郎、何見てんだよ」

呼ばれてはっと気付けば、信と連に両側から不審そうな目で顔を覗かれていた。でも視線はやっぱり気になる方へ逆戻り。

「……うん……」

思いきり生返事だ。大教室に学生が入ってくるたびに、前後方の出入り口へ首を伸ばして宗佑の姿を捜す。

昨晩は結局、質問しては答えを貰い、宗佑とのメールのやり取りに興じること二時間以上。就寝したのは午前二時近くだった。投げたボールを必ず返してもらう送受信にすっかり嵌《は》まり、互いについて知るのが楽しくて楽しくてたまらなかったのだ。

心ここにあらずな琥太郎に対し、ふたりは顔を見合わせて「なんなんだよ」と険しい表情になっている。

「あ、ごめんなさい。……その……」

信と連にはまだ宗佑の件を話していない。タイミングなど考えるより、思い切って打ち明けたほうがいいんじゃないだろうか。

「宗佑と」

右側から眉間に皺を寄せた連が苛立《いらだ》ちを滲《にじ》ませた口調で「ソースケ？」と聞き返してきた。左側の信にもじりじりと迫られて、琥太郎はだんだん小さくなって目線を泳がせる。

「宗佑……、三都井《みつい》宗佑さんとお付き合いすることにしたんです」

一瞬の沈黙ののちに連は「はっ？」と声を上げ、信はやや遅れて「付き合うってなんだよ」とこの上なく怪訝《けげん》な声色だ。ふたりのすごみに気圧《けお》され、いちばん大事な言葉『友だちとして』が抜けているのに気付かなかった。

経緯から何から話すとなると時間もかかるし、きっかけとなった詐欺メールについても話さなきゃならなくなりそう――なんて焦りも手伝って、いっそう慌てる。

「つ、付き合うっていうのは……だから、メールしたり、待ち合わせしてごはんを食べたり、どこかに遊びに行ったり、……するんです」

「なんだそれ、どういうこと？　付き合う？　はーいー？」

恐ろしい般若《はんにゃ》みたいな顔つきの連を、信が「ひとまず落ち着け」と制して宥めた。そう言う信のほうも穏やかなわけじゃない。すうっと息を吸うのを視界の端に捉えて、何を言われるのかと琥太郎は信の動向を見守った。

「琥太郎、俺たち忠告したよな？　あいつはヤリチンだから気をつけろ、近づくなって」

「まさかもうヤッたわけじゃないよな……」

連の眸からメラメラと青白い炎が出ているような気がして、琥太郎は「あわわ」と長椅子の背もたれのいっぱいまで身を引く。

「ほら見ろ。男だろうが馬だろうがドーナツだろうが関係ないんだあいつは。見境なく穴がありゃなんにでも突っ込む希代の遊びに……」

「遊び人なんかじゃないです。そんなの誤解です……！」

ヤッたヤらないを否定するのも忘れて、思わず被せぎみで反論してしまった。

ふたりは瞠目し、続いて連が「オーマイガッ」と天を仰いで両手で顔を覆っている。

「いつの間に……この土日にか。三都井と会ってたのか」

わりと冷静なほう、左側の信の声がいつもより格段に低い。信の問いに恐る恐る頷くのと同時に連が長机にがんっと額を打ちつけたので、琥太郎はびくっと身を縮めた。

「あのクソ野郎が……俺たちのミカエルを……気高く純真な処女の心までも奪いやがった。許せねぇ……」

言っている内容はよく分からないが、とにかく凄く怒らせてしまったのは分かる。だけど『クソ野郎』なんて言われて黙ってもいられない。

「でも本当に、信も連も宗佑のお人柄を知らないで誤解してます。宗佑は凄く優しいし、なんでも教えてくれますし、頼りがいがあって、とても素敵な人です。だからっ……宗佑のことを、わ、悪く言わないでください」

「なんでも教え……」

ふたりは毒気を抜かれたように言葉を失い、ざあっと顔色をなくしていく。

信と連のことも好きだ。だからこそ、みんなで仲良くできたらいいなと琥太郎は心底から思う。

そのときふと、耳がすっかり覚えた声を拾った。はっと顔を上げて振り返ると、後方入り口から宗佑と、いつも彼と一緒にいる男女が連れ立って大教室に入ってくるのが見える。

気付いてほしい、との気持ちを込めてじっと凝視していると、宗佑と目が合った。嬉しくて満面の笑みで手を振ってしまう。

でもおかしい。手を上げて挨拶してくれようとした宗佑の顔が強張《こわば》っている。

はっと向き直ると、信と連が両側から眼光鋭く宗佑を威嚇していた。

「信、連っ」

ふたりの腕を引っ張ると、信が険しい顔のまま大きく嘆息した。

「琥太郎……もうそうなったモンをあれこれ責めても仕方ないけどな……。あいつが女を取っ換え引っ換えしてたのは公然の事実で、俺たちだって自分の目で確かめないと、『とても素敵な人』だなんて納得できないぞ。あいつがお前を弄んだり泣かせたりしたら、ただじゃおかないからな」

泣かされたりなどあるはずがない。だから琥太郎は「だいじょうぶです」と答えた。

しかし考えてみれば琥太郎も宗佑と親しくなる前、彼の素行に関するいろいろな噂を耳にして「ふぅん……そうなんだ」としか思っていなかった。それを考えたら、信と連にいくら口先だけで「誤解だ」と訴えても、すぐに分かってもらえないのは無理もないのかもしれない。

揉めている間に教授が登壇し、琥太郎はそっと左後方を振り返った。すると宗佑と視線が絡んで、こちらに向かって薄く笑いかけてくれる。なんだかほっと安心して、琥太郎も柔らかに微笑み返した。

時間をかけて、信と連に理解してもらうしかないんだ——三人の思考が完全にズレまくっているのに気付かぬまま、そう決意した琥太郎だった。

その日は信と連に両腕を引き摺られて講義が行われる教室から教室へ移動し、学食じゃなく外で昼食を取ったために、一日中ちっとも宗佑と話せなかった。

「ふたりとも『自分の目で確かめる』みたいなこと言ってたのに、宗佑と会う気も、話してみる気もないんですか？」

今日一日、完全なるジャマー&ブロックを仕掛けて護《まも》りきった信は自らの首と肩を揉みほぐし、連は鼻ホジなんてしながら「だってヤだもん」と言ってのけた。

「僕は、宗佑と話したかったのに……」

もごもごと口の中で不満を転がして、その声が前を歩くふたりに届いたのかは分からない。

昨晩あれだけメールを送り合ってもなお、まだ宗佑のことを知りたいのだ。できれば直接会って宗佑の表情の変化を間近に見ながら話をしたい。

大学敷地内から一般道へ出て、とぼとぼと歩いていたら琥太郎のスマホが鳴った。メール受信音が響いた途端に、信と連の目がぎらりと光る。

「差出人はあいつか」

敵意剝《む》き出しの信が予想したとおり、確認すると宗佑からだった。

『件名　もう帰った？
10/19　14:51
バイト行く前に「（５００）日のサマー」を渡そうと思ってたんだけど。』

「なんだよ『（５００）日のサマー』って」

横から堂々と覗き見してくる連の問いに「宗佑が憧れてる、デートシーンがかわいいっていう映画のＤＶＤです」と答えたら唾を吐く勢いで「ケッ！」と返された。

「なるほどね～。さすが希代の遊び人はアプローチの仕方が堂に入ってんなぁ。それであれだろ？　このデートシーンと同じことしようぜ、なんて誘って部屋に連れ込んで……、あっ、こらっ、琥太郎ー！」

なんで分かったんだろ凄い、と驚きつつ、琥太郎は脱兎《だっと》のごとくふたりからダッシュで逃げた。信と連は今からバイトのはずで、追ってこないことを祈るしかない。

宗佑はこの映画の、家具店のモデルルームディスプレイで夫婦ごっこをするというデートシーンがお気に入りらしく、同じことをするのが夢だときのうのメールで語っていたのだ。好きなあまりに三度もレンタルし、最終的に自分でＤＶＤを購入したそうだから相当だ。

映画と同じデートを夢見ている宗佑は遊び人どころかむしろ「やっぱりかわいい人だなぁ」と思った。

そして自分もその映画を観《み》て、同じ気持ちを共有できたらもっといい。なんならいっそ、ＩＫＥＡでの夫婦ごっこにお付き合いしてもかまわないのだし。

電話を鳴らしたら、三コールで宗佑と繋がった。

「琥太郎です。今どこですか？」

鳳凰の門をくぐった先に続く濃朽葉色《こきくちばいろ》や山吹色《やまぶきいろ》に染まった並木道を疾走し、一目散に宗佑のもとへ向かう。さながら、あの男と会ってはならないと引き離されたロミオとジュリエットの気分だ。

いると言われた方向へ走ると、いつも一緒の友だちと宗佑が歩いているのが見えた。

「宗佑！」

やっと会えた！　とばかりに駆け寄ると、その勢いに三人が驚いている。琥太郎が大きく肩を揺らして息を切らしていたため、すぐ傍《そば》のベンチに座らせてくれた。

「きのうけっこう遅かったけど、琥太郎は寝不足になんなかった？」

「いいえ、ぜんぜんです。あれからすぐ寝ましたし」

何やら親密な様子の琥太郎と宗佑の会話を聞いて、傍《かたわ》らのふたりが「名前で呼び合ってるし」と目を見開いている。

「ほんとだ。この週末で急展開したな」

「間違いメールがきっかけなんて、まるでドラマだね」

今日の大教室で宗佑の姿を見つけた途端、琥太郎が尻尾をばたばた振る犬みたいな反応をしたものだから、ここ数日の出来事を掻《か》い摘《つま》んで彼らに説明したとのことだ。

「紹介する。こっちがカケルで、その隣が桃花《ももか》。みんな同じ年な。で、同じ学部だけど、琥太郎とはコースが違うのもあって意外と交流ないよな」

「なぁ、俺らは『琥太郎ちゃん』って呼んでいい？」

「あ、はい。藤澤《ふじさわ》琥太郎です。あの、ふつ、ふつつつかものですが、よろしくお願いします」

ふたりそれぞれにぺこりぺこりと頭を下げると、桃花から「やだ、言えてない、かわいいっ」とにこにこされて、よく分からないまま微笑み返した。

「琥太郎、これがメールで話した映画」

受け取ったＤＶＤのパッケージは、ラブストーリーらしく男女が見つめ合うワンシーンだ。宗佑にとってそれが何かをカケルは知っているようで、「出た、宗佑のバイブル」と笑っている。

「俺はもう何回も観てるし、返すのはいつでもいいから」

「ありがとうございます。お借りします。……宗佑は今からバイトなんですよね」

「うん。今日は渋谷《しぶや》のカフェでウェイター」

宗佑のバイトは、聞くたび時間と場所がばらばらだ。

「宗佑はバイトをいくつか掛け持ちしてるんですか?」

「うん。だからいろいろ知れておもしろいよ。いつもこの時間は下北《しもきた》のカフェ、今日は応援で渋谷店のほうに入る。あとはレンタル店、……でも居酒屋とか飲食系が多いんだ。まかない出るし。日曜以外は何かしらバイトしてるな」

プレゼントとデートのためにバイトしてるようなもんだと言っていたけど、平日にデートする暇はなさそうだ。

それだけ忙しい中でも詐欺メールのあれこれに付き合ってくれたのだと思うと、ますます感謝の思いを深くした琥太郎だった。


その翌日、宗佑との学食ランチを遂行したものの、微妙に離れた位置から信と連が見守っているというおかしな状況だ。

「琥太郎は情報リテラシーのJavaの課題はやった? 『効率のいい情報入手と選別』ってやつ」

右隣の宗佑がかき揚げとちくわ揚げをトッピングしたうどん、かやくごはん(大盛り)

のセットを食べながら共通科目の課題について訊《たず》ねてきた。

宗佑は食べっぷりも男前だな――なんて横目で見ながら、琥太郎はチキンカツ定食をいただいている。

「やってるんですけど、ループ処理の途中で読み飛ばしできずになぜか終了しちゃうんです。プログラミング言語ってどうも苦手で……」

情報コミュニケーション学部の中でも比較的ＩＴ色の薄い『多文化・国際情報コース』を選んだものの、逃れられない授業も当然ある。

「あとでちょっと見てやろっか？」との宗佑からの申し出が嬉しくて「お願いします」とこくこく頷いた。

「外堀からじわじわ埋めていくような手のかかる攻め方もするんだなぁ～と思わせて、じつは先に本丸を落城させてるなんてな」

連の遠投に宗佑が「……なんの話？」と訊いてくるけれど、琥太郎に比喩的表現が分かるわけがない。

ごちそーさま、と信と連は先に食事をすませて立ち上がった。

「琥太郎、外のベンチで待ってるからな」

「食べ終わったらすぐ来いよ。デザート食う時間がなくなる」

不遜にそう言い放ったので、ふたりの態度を快く思っていなかった宗佑が「おい！」と声を荒げてふたりを呼びとめた。

「聞いてるだけでこっちが腹立つんだけど。もっと言い方ないのかよ」

「……えー、何。お説教？」

苛立ちをあらわにした連がゆっくりとこちらのテーブルに向かってくる。間に挟まれた琥太郎は連と宗佑に目線を走らせ「あ、わ……」とおろおろした。

宗佑は座ったまま、上から見下ろされた格好で睨み上げている。

「いっつもそうやってふたりして琥太郎にたかってるだろ。いい年してガキみたいなことして、恥ずかしくないのかよ」

「俺たちがたかってるってぇ？　女ッタラシに的外れな説教される筋合いねーし」

どっちもどっちで誤解している。琥太郎は「違う、違います」と両方を宥めようとした。

「信も連も、誤解です。何度も言ってますが、宗佑は決してそんな人じゃないです。宗佑も誤解してます。信と連は入学当初から僕をいろいろと助けてくれるので、そのお礼をさせてほしいと、そもそも僕が申し出たんです。たかられたことなんか一度もありません」

必死の琥太郎の言葉に宗佑が「お礼？」と眉を寄せた。琥太郎は大きく頷く。

「それに、次のコマ、ジェンダー論の教授は一秒でも遅れたら欠席扱いにされるので。僕がとろいから信と連は心配してくれてるんです」

ぼんやりしたところのある琥太郎にとって、信と連が細かに声をかけてくれるのが心強い。言い方は乱暴だけどさっきのが琥太郎を思っての言動だと知ると、宗佑はふたりのほうを見やった。

「……憶測でたかってるなんて言ったのは悪かったよ」

「分かってくれりゃいいよ。俺は遊び人には謝らねぇけど？」

カッチーンときた宗佑が眉を顰《ひそ》めて奥歯を嚙《か》むのが分かり、琥太郎は「もうケンカしないで」との気持ちを込めて宗佑の腕をぎゅっと握った。落ち着かせようと必死の琥太郎と目を合わせると、宗佑が腹の底から静かに息を吐き出す。

周囲の視線がちらちらと注がれ、信が「行こうぜ」と連の肩を叩《たた》いて去っていった。

「ふたりが宗佑のことを誤解してるのは、時間がかかっても僕が必ず説得しますから。さっきの連の発言は許してください」

代わりに謝る琥太郎の姿を見て、宗佑も「琥太郎は謝らなくていいから」と不服そうだった相貌をようやく緩めてくれた。

この学食へ来る前に、「同じ学部なんだし、信も連も出会いを大切にして仲良くしましょうよ」と宗佑とのランチに誘ったのだけど、「俺たちとあいつが仲良くする意味なんてある？」と切り返され、そのときは咄嗟《とっさ》に何も反論できなかった。

出会ったことそのものに意味があるんです。仲良くできそうにないと決めつけて否定してしまえば、出会った先にあるもっと大切なものを逃してしまうから——今なら考えを纏《まと》めきれるのに。しかしそう説得しても「その先にあるものにも興味ない」と言われそうだけど。

でも信と連はきのうまでは宗佑を目の敵《かたき》にして、ただ力任せに引き離そうとしていた。それでも近くでランチを取ってくれたのだから、ささやかながらもふたりが譲歩してくれたのだと思うべきかもしれない。

考え込みつつチキンカツの最後のひと切れをもぐもぐ食べていたら、「金曜日だけど」と宗佑からお泊まりについて話を振られた。

「ウチに泊まる翌日な。土曜はバイトが夕方からで、俺はそれまで時間があるんだ。琥太郎は暇？」

「暇です。もちろん暇です」

何かのお誘いの予感に体温が上がる。

「じゃあどっか行く？　デートのシミュレーション、ってやつで」

「わぁ、行きます！　どちらへ行きましょう！　先日僕はちゃんとした交際をしたことないってお話ししましたけど、日本でデートをした経験がなくて」

ついさっきまであった憂慮はどこかへ吹っ飛んだ。お泊まりの翌朝はあんまり長居しちゃいけないのだと思っていたが、宗佑と出かけるなら、スーツケースに入れておいた衣類のコーディネートをやり直さなければ。

「そう言うかなと思ってさ。参考になりそうなデート本。何冊かあるうちの一冊をとりあえず持ってきた」

「デート本？」

宗佑が出したのは、都内のおすすめデートスポット、電車で日帰りデートプラン、との見出しが躍るムック本だ。おおよその行列時間や交通費、入場料まで細かく網羅された情報誌にふたりで顔を突っ込む。

「こういう本もあるんですね。おもしろそうです」

「新しくオープンしたカフェとか、千円でどこまでやれるかデートとか。まぁ、こういうの見て最近はもっぱら机上デートしてたわけだけど、ふはは……」

乾いた笑いの宗佑に、琥太郎も微笑み返した。

「琥太郎も見といてよ。俺もめぼしいのピックアップしとく。金曜の夜にその辺話そうな」

「はい。凄く楽しみです。この本お借りしますね。僕、いまだに地下鉄とかわたわたしちゃうし、こういう遊ぶところはぜんぜん思いつかないのでたいへん参考になります」

それから、きのう携帯番号を変えたのを機に新調したスマホの困り事について相談した。

「……はっ。そうなんですか？　スマホを解約しててもアプリって使えるんですか？　宗佑はなんでも知ってるんですね。凄いです」

「う……そんなキラキラした目で……。いや、ぜんぜん凄くないから」

宗佑は謙遜するけれど、宗佑に訊いて分からないことなどひとつもないんじゃないだろうか。

今日もまた、宗佑にめいっぱい尊敬の眼差しを向ける琥太郎だった。


スーツケースから中身を出したりまたしまったり。

三泊四日分に相当する荷物を詰め込んで、母と民子《たみこ》さんに見送られ、父親のお抱え運転手に宗佑《そうすけ》のマンション付近までハイヤーで送ってもらった。

琥太郎《こたろう》が車外へ出ると、運転手がトランクのスーツケースを出してくれる。

「こちらでよろしいのですか？」

「はい。ありがとうございます。父のお仕事ではないのに、恐れ入ります」

「待機時間内のことですから。どうぞお気をつけていってらっしゃいませ」

琥太郎もぺこりと頭を下げた。丁寧な辞儀をして運転手が車へ戻る姿を見届ける。

昨晩、ひとりで行けるからだいじょうぶだと言っても、母が「そんな大きな荷物を運んで駅の階段で転んだらどうするの」と眉を顰め、父も「大荷物を抱えて夜道で迷ったらどうするんだい？」と琥太郎を窘《たしな》めた。もうハタチにもなるのにいまだに子供扱いする過保護な両親の「もしも～したらどうするの」という質問攻撃に押され、最後は折れて「では、お車をお願いいたします」と頷いたのだ。

給仕をしつつ食卓での会話を見守っていた民子さんは「日本に帰国して初めての外泊ですから、奥様も旦那様もいろいろと気がかりなのでしょう」と琥太郎の部屋にクリーニングずみのバスローブを運んでくれたとき言っていた。

喘息を患っていた幼少期から両親にはずいぶん長い間心配をかけ続けてしまったので、急に親の愛情を拒否することを言いづらい。だからといっていつまでも両親を頼ってばかりもいられないし、世間知らずで先々困るのは結局自分自身だ。

ＣＥＯの父の仕事を継ぐのはいとこだとかなり前から囁《ささや》かれていて、大学卒業後の就職先は自由に考えていいと言われている。もし父の会社とまったく関係ないところに決まれば、周囲が察して琥太郎の事情を酌《く》んでくれるような環境は望めず、それでなくても社会人として当然ながら縁故採用云々《うんぬん》の言い訳や甘えは通用しない。

そういう将来の不安以前に、もっと日常的で身近な、些細《ささい》な感覚やら常識やらが、自分はいろいろと世間と少しズレているらしいのだ。そのことを大学に入って信《しん》と連《れん》に指摘され、周囲を窺ってみると、なるほど、と思う瞬間が多々あった。

日本に帰国した直後、壁みたいに屈強な体格の黒人ＳＰに出迎えられ「大学への送り迎えも彼がしてくれる」と父から告げられて、その威圧感に躊躇《ちゅうちょ》はしたものの最初はありがたく受け入れていた。

大学にSPを伴って通学する学生。周囲が引くのも無理はない。そもそもハイヤーどころか車やバイクでの通学は禁じられており、数回でお断りしたのだが。

他にも、大学入学したばかりの頃は、老舗《しにせ》の日本料理店や馴染《なじ》みのレストランで拵《こしら》えてもらった重箱をお弁当として持っていったり、「手持ちがないときは使いなさい」と持たされていた父のブラックカードを大学の学食で提示したり……など、そのテの話題は挙げればきりがない。

日本での生活に少しずつ慣れて今は電車も乗れるし、ATMでお金を下ろしたり、コンビニやカフェをひとりで利用できる。でもまだまだ「えっ！」と周囲を引かせてしまうことがあるから油断できない。

「このままじゃ『本当に深窓の令息だな』って笑われてしまう」

毎日深夜にまで及ぶメールのやり取りの中で、琥太郎のそんなご令息列伝を知った宗佑がそう言った。

自分の将来を本気で憂うなら、友だちのお宅まで送り迎えぐらいはいいか……なんて考えずにもっと真剣に、物事ひとつひとつと向き合うべきだろう。

走り去るハイヤーのテールランプを複雑な思いで見送って、ふと空を見上げればチャコールグレーの夜空にたなびく煙のような雲が広がっている。

「明日、お天気良くないのかな……」

せっかく宗佑とどこかへ出かける予定なのに。

マンション近くのカフェで待ってて、と宗佑から言われてあり、歩道に面したカウンター席で時間を潰すことにした。

カウンターの足元にスーツケースを押し入れて、スツールに腰掛ける。ふとテーブルのスマホを見ると、メールの未読マークが表示されていた。ちなみに、流行《はやり》の無料通話メールアプリは詐欺やＩＤの乗っ取りが怖いとのことで、新しいスマホでも使っていない。

『件名　今バイト先を出ました

10/23　21:06

ダッシュで帰るから！』

走りながら自撮りしたのか、ブレブレの宗佑の顔写真が添付されていて噴き出した。

短いメールだけど、待たせている琥太郎を宗佑が気にかけてくれているのが伝わり、もうすぐ来てくれるのが分かってほっとする。

『件名　RE：カフェにいます

慌てて転ばないようにしてくださいね』

父と母に注意されたことを今度は自分が宗佑に言うのがなんだかおかしくて、ひとりでにやにやしてしまった。

写真が添付されていたので自分も何か撮らなければ。

コーヒーカップに寄り添ってピースサインという、とくに意味はない画像をつけて送信した。受け取った相手が「だから何?」と言いたくなるような他愛もない報告をする行為は一部で『俺通信』と冷笑されているらしいが、送られてきた写真を琥太郎は保存フォルダに纏めてときどき眺めている。実際楽しいものばかりだ。

『今日のお昼はこれを食べました』『実家の植木鉢の中に猫が寝てる!』『講義中に半目で居眠りしてるカケル』『ズボンのチャックが壊れて閉じられない。このままじゃ変態と誤解されそう』……とか。とても大事な内容ではないものの、思わず微笑んでしまうものだったり、電車の中で見たら笑いをこらえるのに困るメールだったり。

宗佑と知り合ってまだ十日ほどなのに、これまで信や連とやり取りしたメールの件数をすでに超えている。連絡魔でウザがられると宗佑は言っていたけれど、琥太郎はそんなふうに感じたことは一度もない。ただメールのやめどきが分からなくてつい夜更《よふ》かししてしまうのが困るな、というくらい。

こんこん、と目の前のガラスをノックされて、顔を上げると宗佑がにっと笑って立っていた。

急いでセルフコーナーにトレーとコーヒーカップを持っていき、スーツケースを引いてカフェを出た途端、宗佑が「ぶはっ!」と爆笑する。

「なんでスーツケース？　しかもでっか！　うちに何泊するつもりだよ」

宗佑に髪をぐしゃぐしゃと撫《な》でられながら大笑いされて、友だちのうちに一泊で遊びに行くだけなのにグローブ・トロッターの二十一インチを持参することが『世間とズレてる』の一例だと今更気付いた。

「何が入ってんの、この中」

「いつも使ってるバスローブと、タオルと、着替えと……。それにワイン、リモンズィッカ、母からもいろいろとお持たせが入ってます。あと、これはテイクアウトのおつまみで」

「え？　ワインとリモン何？」

「リモンズィッカ。リビダニアの伝統的なお酒です。レモンの香りが爽やかで甘めなので飲みやすいですよ」

「へぇ、楽しみ」

琥太郎から受け取った紙袋を覗いて、宗佑はわずかに眉を顰めている。

「ん？　やたら立派な箱だな」

「お任せで作っていただいたものをテイクアウトしてきました」

「俺も代金半分出すよ」

「いいえっ！　駄目ですっ、まさかそんなものはいただけません！　今日は厚かましくも泊めていただきますし、これは僕が勝手に買ってきたものですから」

「そう？　じゃあ……」

箱の上にのっていた二つ折りの『お品書き』をぺろりと開いて、宗佑が「うわぁ」と瞠目している。

「な、なんかすげーの書いてある。フォ、フォアグラ？　トリュフ？　マジか」

「ワインに合うものを、とお願いしたので。あ、もしかしてフォアグラ苦手ですか？」

「いや、苦手とかじゃなくて……うわ、ごめん。あんまり詳しくないから、俺はこのレストランがどういうところなのか店名見てもピンとこないんだけど……」

「味は絶対に保証します！　ミシュランガイドで星を獲得したところですし！」

宗佑がお品書きを左手に持ったまま固まっている。

「そ……びっくりした。はは……すげーね。でも、いいの？　遠慮なく食べちゃうけど」

「もちろんです」

「琥太郎の基準は俺が頭で考えるものの遥か上空を突き抜けてるなぁ。ウケる。あとでカケルにこの箱の中身を写メしよ」

とにかく行こっか、と連れられ、わくわくしながら宗佑のマンションへ向かった。

この建物かな、これかなと上ばっかり見て歩くから平坦な道でも躓《つまず》いて、「おい！」と宗佑に腕を摑まれる始末。

「もう、車道側じゃなくてこっち歩いて。こえーわ」

立ち位置を入れ替わり、まるでふらふらしたりいつ飛び出すか分からない子供扱いで手を引かれる。

今度はスーツケースが段差にガコンッと引っかかった。いつも誰かが持ってくれるせいで、いまいちうまく引けないのだ。

「あーあーもう、それ持ってやるから、こっち持って」

さっき宗佑に渡したばかりの紙袋と「このビールと缶酎ハイは貰いもの」とビニール袋を一緒に戻され、スーツケースとトレード。あーあー、なんて言いながら宗佑は笑っていて、ちっとも迷惑そうなニュアンスはない。

「トロッターのスーツケース、レトロで紳士的でいいよな。上品だし、琥太郎に似合ってる。俺は上の兄貴たちが使ってたからリモアに憧れてて。メタリックでクールで堅牢《けんろう》なかんじとか、持ってるだけでデキる男っぽいなーって。妄想過多で、見た目とかカタチから入る俺が言いそうだろ？」

「絶対似合うと思います！　あ、よかったら……」

「あんな高価なもん、プレゼントします、とか言うなよ」

「あ……はい」

先手を打たれて声が萎《しぼ》んだ。

お世話になった人にはつい何かをプレゼントしたくなる。自分は他にこれといって返せるものがないし、持つべき人が持つのなら、自身で買うのでもプレゼントでもいいじゃないかと思ってしまうのだ。

「でさ、いつか……」

いつか、の続きを目で問うと「いや、うん、いいや」と濁されてしまった。

「待ってる間、なんか食べた？　ごめんな、けっこう遅いよな」

「いいえ。でもお風呂だけ先にすませてきました」

「あ、だからなんかやたらいい匂いするのか。つーか琥太郎っていつもちょっと女子っぽい匂いするよな」

「女子っぽい匂い、ですか？」

服の上から腕の辺りをくんくんしたところで、洗濯洗剤のような香りがするだけ。

「違う違う、髪とか。ほら、」

不意打ちで耳の上の辺りをすん、と嗅がれて、肩がびくっと跳ねた。まるでいきなり何かのスイッチを押されたみたいに、心臓がばくばくばくっと高まる。

「わ、あ、は、母の。母が使っているシャンプーを、僕も使ってるからでしょうか」

嫌悪《けんお》してるとは誤解されたくなくて、しどろもどろになりながらもどうにか笑顔で説明した。なぜだか耳まで熱い。

「あー、なるほどママシャンだったわけね」

宗佑が気にしてなさそうでほっとした。あんまり人にくっつかれたことがないせいかと思ったけれど、そういえば信と連もスキンシップが多いほうだ。

——……分かった。髪にキスされたと勘違いしたからだ。

髪にキスをするのは、リビダニアで『最愛を示す行為』とされている。親が子供にする以外はとくに恋愛の意味合いが濃くて、夫婦や恋人が「エッチしよう」の合図に使うとか。したこともされたこともなかったけど……なんて考えるとますます耳がかあっと火照《ほて》ってきてしょうがない。

——信と連、宗佑も、さっきみたいに髪をぐしゃぐしゃって触ってくるもんな。

そもそもリビダバビダの神が人を癒やすために手で頭髪に触れるとされているので、人の身体の中でも頭部は神聖な領域なのだ。リビダニアでは、よほど親しい人や家族でなければ気軽に髪には触ってこなかった。

いつもなら「それは宗教上の都合があるのでやめてくださいませんか」と言えるのに、理由が理由なだけに説明しづらいなどと考えていたら、宗佑のマンションに着いた。

「狭いですが、どうぞどうぞ」

案内されて中に入ると、テレビや雑誌でよく見る『大学生のひとり暮らし用ワンルーム』より広いのではと感じた。

玄関から入ったら右手にキッチン、反対側にあるバスとトイレはそれぞれ独立しており、その奥に続く洋室との仕切りに扉もある。

「バブル期の物件らしくて、洋室は十帖《じゅうじょう》あるんだ。大きくないけどクローゼットついてるし、最初は古いーとか思ってたんだけど、意外と住みやすいよ」

「いいですね。とても綺麗ですし」

「きのうめっちゃ掃除がんばったから」

洋室は入ってすぐ左に勉強机、右にクローゼット、そしてテレビとテーブル、シェルフがあり、奥の窓側左壁際にシングルベッドという縦長の配置。１Kながら機能的だ。それに収納を工夫しているのか、宗佑が言うほど狭いとは感じない。

日本のワンルームは、まるであちらこちらにおもしろいものがたくさん隠されている秘密の小部屋のようで、なんだかわくわくして好きだ。

「僕もこういうとこに住みたいです」

「またまたー。それあれでしょ、洞窟探検してるみたいな気分になって、ってやつだ」

当たってる……と図星なのが顔に出て、ぷぷっと噴き出された。

「こういうのが日本の一般的な大学生の部屋、って知ることが大事だよな」

四角の座布団《ざぶとん》を出されてひとまずフローリングに座り、スーツケースの中身を披露する。

「スリッパも持ってきてる！　バスローブ持参ってだけでも凄いのに。あ、でもこれたしかにふかふかしてて気持ちよさそう」

「バスローブ、いいですよ。パジャマを持ってないので買おうかとも思ったんですが、やっぱりこれがいちばんリラックスできるので」

スーツケースの中で幅を取っていたのがそのバスローブだ。そして母からのお持たせはカゴいっぱいのフランス産のチーズとライ麦パンの詰め合わせ……の他にもある。

「これはサクラマスの押し寿司と京都《きょうと》のお漬け物。あと、こちらのチョコレートは柚《ゆず》、栗《くり》、桜、西京《さいきょう》味噌《みそ》なんかが使われていて、ワインはもちろん日本酒や焼酎にもおすすめだと言ってました。なんでも世界一になった日本人のショコラティエが作ったものらしいです」

「こんなにたくさん、すげぇな。テイクアウトのもあるし」

「日持ちしないものから食べなきゃですね。初めての外泊なので、父と母が凄くはりきってしまって……あっ、母に『無事着きました』と電話をしなければ」

宗佑は「まるで旅行だな」と楽しげに笑う。我ながら遠くへ出かけた子供みたいで、ちょっと恥ずかしい。

「腹減ったし、俺はその間にちゃちゃっと準備する」

宗佑がグラスや取り皿をテーブルに出している傍で電話をかけ、母親から「ご挨拶するから代わって」と言われて宗佑にスマホを渡した。

テイクアウトの料理をテーブルに広げながら、ちらちらと宗佑を窺うと「こちらこそありがとうございます」と姿の見えない相手に頭を下げている。

——やっぱり凄くいい人だなぁ……。

話すようになってまだ十日ほどだけれど、知れば知るほど宗佑が「ぜんぜんモテない」と言うのが理解できないくらい、本当に素晴らしい人だと思う。

これまで出会った人が宗佑から惜しみなく注がれる愛情を「ウザい」というひと言で一掃してしまうなら、たんに相性が合わなかっただけなのかもしれない。

だから恋のリハーサルをお手伝いをさせてくださいなんて琥太郎が申し出なくても、やっぱりそのうち宗佑にはお似合いの恋人ができるんじゃないだろうか。

——でも、日本での生活にまだ若干馴染めていなくて、人付き合いに不慣れな僕自身のためでもあるし。

琥太郎はこくこくと頷きつつ、自分の思考を軌道修正する。

通話を終えた宗佑が「丁寧なご挨拶された」とテーブルの角を挟んで座り、例によってリビダバビダの神へお祈りを捧げてから、琥太郎が持参したシャンパンの栓を抜いた。

「じゃあ、初めてのお泊まりにかんぱーい」

二十二時の十五分前。宗佑とふたりだけのパーティーは始まった。

フォアグラのリエット、自家製ピクルス、パテ・ド・カンパーニュ、黒あわびステーキ、ローストビーフとトリュフのサラダ……など九つのオードブルが、仕切りの中に美しく並べられている。キラキラ輝くジュレを纏っていたり、ドレッシングが添えてあったり、そのどれもに宗佑が「これは何？　おお～、これもうまそうっ」と楽しげに反応してくれて、持参した琥太郎も嬉しくなった。

「あの、お借りした映画、観ました。まさかのビターエンドで……でも彼に次の新しい恋があるんだなって前向きに受け取れるラストでしたし、何より主人公のふたりがおしゃれでかわいかったです」

デートシーンを真似したい、と貸してくれた恋愛映画だし、恋人とのハッピーエンドなんだろうと思って観たため、「ええっ？」と驚いた。

彼は彼女を運命の相手だと思っていたのに、彼女にとってはそうではなかったのだ。しかも、恋はしないと言っていた彼女は彼とさよならしたあと、別の男性とあっさり結婚してしまう。

「大学に入って、最初に失恋した直後にこの映画を観たんだよね。主人公の男に自分を重ねてさ。でも琥太郎が言ったとおり、運命だって思う恋が終わっても次の出会いがあるよな、ってちょっと心が軽くなった。だから失恋のたびにこの映画を観たんだ。買ったほうがオトクなくらいに」

宗佑のやけに溌剌《はつらつ》とした表情につられて、琥太郎もつい笑った。

「家具店での夫婦ごっこのシーンも良かったですけど、ふたりが初めて一夜を過ごした翌朝に、彼が『町の人たちが自分を祝福してくれてる気がする』って街中で踊るフラッシュモブシーンが素敵でぐっときました。好きで好きで、その子と深い関係になれたら、踊りたくなるくらい嬉しいものなんでしょうね」

「それほど幸せなのに運命の人かどうかは結果論でしかないもんな……そこは切ないけど」

　ふたりでうんうんと頷き合って、残りのシャンパンを酌み交わした。

「でも出会いそのものが運命で、その相手は運命の人なんだと思います。いいことも悪いことも、ふたりの間に起こるすべてに未来へ通ずる何かしらの意味があって、だから誰かと出会うのは必然なんです」

「琥太郎、お前いいこと言うなぁ」

　宗佑はほんのり赤く染まった目尻を下げて微笑んで、琥太郎に握手を求めてくる。琥太郎も応《こた》えてぎゅうぎゅうと手を繋いだ。

　はっと気付けば、かなりのハイペースでシャンパン一本がからになっていた。

「僕は宗教的に、『婚姻を神に約束した相手でなければ身体の関係を持ってはならない』『いっときの感情や刹那的な欲求を共有するだけの性交渉は不誠実であり、愛を尊ぶ神からの離反を厭《いと》わんとする罪業《ざいごう》だ』と教えられて育ったので、物語のラストを知ったら、フラッシュモブはいろいろと考えさせられるシーンでもありましたけど」

「結婚してからじゃないとエッチしちゃ駄目ってこと？　建前で、とかじゃなくて？」

「いいえ、本当です。リビダバビダ教において婚前交渉はＮＧ、そして浮気は大罪です。妻のある身でデートなどしちゃ駄目ですし、肉体はおろか心の姦淫《かんいん》も死罪だと」

「姦淫は死罪！」

誰の心も傷つけないで生きるのは現実的に不可能かもしれないけれど、その傷を深く抉《えぐ》るかもしれないと知りつつ欲を貫く行為は大きな罪だ、と。

宗佑は「いや、うん。姦淫は死罪に値するよ」と大きく頷いている。

開けたばかりの赤ワインを互いのワイングラスに注いだ。今日は家飲みだからか、宗佑もお店で飲んだときよりピッチが速い気がする。

「まぁ現代でも『婚前交渉はしません』って考えを貫いてる人がいないわけじゃないけどさ。生涯にひとりだけって、究極の愛ってかんじがする」

「でも幸せなときに、本当に大好きな愛する人とこの先別れるかもとか、傷つけるかもなんて未来を想像するのは逆に変ですよね。恋は瞬間の昂《たかぶ》りで、好きって想いでいっぱいになって、主人公の彼みたいに街中で踊っちゃうくらい嬉しいってほうが自然なのかもしれません……」

神の教えのとおり、好きな人を前にしても暗い未来を想定して、傷つけない選択をすることがはたして本当に『誠実』なんだろうか。

「でも琥太郎は、それだけ真面目に恋人との関係を考えて、きっと相手を幸せにするためにがんばるんだろうなって俺にだって伝わるし、いいと思うよ」

今どきそんなばかなと信や連には笑われたけど、日本では時代錯誤ともいえる思想にも宗佑は頷いてくれる。

「リビダニアにも離婚する夫婦はいます。でも僕は生涯でたったひとりの人と……という最愛を信じたいです。……なんて語ると、夢見すぎだと嗤われたりしますが」

「夢ぐらい見てもいいんじゃないの。そのほうが琥太郎らしいよ」

そう言ってくれたのに、「初めてのふりした女の子に騙されそうではあるけどな」と落とされて、琥太郎は「ですよね」と苦笑いしてしまった。

「琥太郎のそういう生まれ育ったリビダニアでの風習とかいろんなことを、ちゃんと理解してくれる子が見つかるといいな」

「宗佑も。宗佑を受けとめてくれる素敵な人が見つかるといいですね。僕、全力で応援してます。もし宗佑のことを何か誤解されてたら、僕が『それは違う』って証明してあげます！」

宗佑は「心強いね」と顔をくしゃりとほころばせて、その目元はとろんと垂れ目になっている。

「あ～、もうやばい。ほっぺたぽかぽかしてきた。琥太郎にはぜんぜん敵《かな》いそうもない」

「赤ワインが空いたら、リビダニアのリモンズィッカ飲んでみますか？」

「そうだな。レモンのお酒だっけ」

スーツケースから、七百ミリリットル入りのレモンイエローの酒瓶を取り出した。

「リビダニアは柑橘類《かんきつるい》の栽培が盛んで、空気もなんとなくレモンの香りがするんですよ」

「ハワイはココナッツの香りがするようなもんか。なんかラベルと瓶がアンティークっぽくていいな。え、でもそれってアルコールは何度よ」

え〜と、とふたりでラベルを確認すると三十五パーセントと記されている。

「なんと……見た目を裏切る凶暴さ。ソーダとかで割って飲むやつか」

「いいえ。僕は周囲の大人たちから、ストレートかロック以外で飲むなど邪道、と教わったので」

平然と答える琥太郎に宗佑が目を大きくして「ぶわぁ」と驚きの声を上げた。

「かわいい顔してこの酒豪め。ぶっ倒れるから、俺のだけ割っていい？」

「……それは、はい。あと、ミントの葉を適当にちぎって入れるのもおすすめです」

了解にちょっと間があった、と宗佑は身震いしながらぶつぶつ言っている。

物知りで面倒見がよくて男前、欠点のない人だと思っていたけれど、彼の弱点が琥太郎の得意分野だなんてやっぱりちょっと楽しくなってしまう。

「あー、笑ってんなー。ヘタレって思ってんだろ」

「そんな……」

顔が緩んだままでちらりと目線を上げると、半眼の宗佑と目が合った——瞬間、「うりゃうりゃ！」と脇腹に手刀を刺されて、くすぐったさで「ぎゃっ」と小さく悲鳴を上げる。ひとしきりくすぐりの刑に処され、息も絶え絶えになりながらギブアップを宣言した。

「やべ……暴れたから余計に酒が回った。ミイラ取りがミイラに……」

「あっ、そうだ。お借りしてたデート本ですけど。明日どこに行きますか？　ちょっとお天気が良くないみたいなので、屋内的なところでしょうか」

元気な琥太郎が本をテーブルに広げると、宗佑は苦笑い。それから「んじゃ、どこ行こっか」とふざけた調子で腕組みしてきた。

「琥太郎が行ってないところは？」

「屋内だと……僕まだ日本の水族館に行ったことがないです。あと、スカイツリーのところにプラネタリウムがあると本に書いてあって……。宗佑は？」

「いろいろデート計画を立てて実現できなかったとこならいっぱいある。映画館のカップルシートに並んで座って観賞したいとか、もちろんプラネタリウムも。アウトドアならデイキャンプでバーベキュー、釣りもいいなーって」

話は尽きない。おつまみもいっぱいある。夜はまだまだこれからだ。

――寝ちゃったけど、このままでいいのかな。

宗佑に背中から抱きつかれた状態で小さなシングルベッドの中。

琥太郎のバスローブのフーディーに顔を埋《うず》めて宗佑が「わー、これ気持ちーな」ともふもふしているうちに、そのまま寝てしまったのだ。

そっとうしろを窺おうと身じろぐと、放すまいとでもするように太い腕がいっそう絡んできてぎゅっとされてしまった。

こんなふうに誰かとくっついて寝るのは初めてで、琥太郎の胸も首筋もざわついている。頭ひとつ分くらいの身長差があるのは分かっていたけれど、こうしてすっぽり覆われると、宗佑の全身で護られているみたいでくすぐったい気分だし、胸がぎゅっとなるしで困った。

しばらくすると照れくささは薄れてきて、宗佑の温かさに鞣《なめ》された心地になった。

部屋の電気は消しているものの、居酒屋風なんて言いながら灯《とも》した低めのフロアランプは今も点いている。もういいかな、と動くのを諦めた。抱き枕と間違っているのでは、というほどがっしりホールドされた重たい脚だけどうにか退《ど》かす。

「ふぅ……」

思わずひと息。次に、お行儀悪いかな……と一瞬ためらったものの、足で上掛けをたぐり寄せ、どうにかふとんの中に潜り込むことに成功した。

背中に宗佑のぬくもりを感じながらベッドの周囲に目線を向ける。

食べかけの菓子や、ほとんどからっぽのリモンズィッカの瓶、開いたままのスーツケース。窓の外から聞こえる街の音、天井の照明も、壁紙もテレビも、カーテンも、しんとした部屋で目に映るすべてが見慣れないものだらけ。よそ者なんですけどお邪魔してます、とそれらに断りを入れたくなるかんじだ。

他人の部屋で眠るというイベントは、琥太郎に新鮮な感動を与えた。

何度も来て泊まったら、こんな感覚も薄れるのだろうか。

——また泊まりに来たいな。来てもいいかな。

やっと眠れる体勢になったら急激に瞼が重くなった。いくらアルコールに強い琥太郎でも、量的には宗佑の倍以上飲んでいるのでかなり酔っている。

デート本やらインターネットを駆使して、明日どこ行くとか何食べるとか決めたことを、はたして宗佑は覚えてるんだろうか——……。

背中を覆うぬくもりに脳髄までとろんと蕩かされて、琥太郎もついに瞼を閉じた。

＊＊＊＊＊＊＊

「マジか……」

張り紙を前にして、琥太郎《こたろう》とふたりで唖然《あぜん》と立ち尽くす。

デート本の情報によると、この水族館は休館日なしと記載されていた。雨天時であっても地上を歩くのは最寄《もよ》り駅《えき》から二分程度。サメやマンタが回遊する巨大水槽とトンネル型水槽、ペンギンの餌やり体験に惹かれて十時の開館に合わせてやってきたのに。

『今冬、全館リニューアルオープンにつき、十月一日より休館しております』

「うーわ。今日のメインなのに！　『えー、こんなの前もってリサーチしといてよー』って思われちゃうパターンだよ」

いきなり出端《ではな》を挫《くじ》かれてしまった。工事中でしばらくリベンジすらできない不運に、宗《そう》佑《すけ》は大きなため息をつかずにはいられない。別の水族館へ移動する選択肢もあるけれど、それだといちばん混雑する時間帯になってしまって、昼食から何から予定の立て直しだ。

「イレギュラーな事態なんですし、仕方ないです。次行きましょう！」

琥太郎は気にしない、といった調子で宗佑の袖を引っ張った。

がっかりな気持ちを切り替えて、再び電車に乗り、カップルシートがある映画館へ移動してみるも。

「え？　カップルシートで観られる映画って選べないの？」

「はい。スクリーン1で上映している映画に限りカップルシートでご案内できますが、次の上映分までご予約で満席をいただいております。十四時十五分があと残り一シート、十六時十五分の上演分でしたら多少空席がございます。いかがされますか？」

チケット売り場でそう説明されて、ふたりで顔を見合わせた。カップルシートを体験するために来たとはいえ、次々回の上映を待ってまで観たい映画かというとそうでもないし、それ以降はバイトに間に合わなくなってしまう。

着いて十分も経たないうちに、仕方なく映画館をあとにした。

急遽予定変更の行き当たりばったりで来たとはいえ、落胆は否《いな》めない。

「土曜日ですし、この天候の影響もあるんでしょうか。また今度ですね」

琥太郎につられて見上げると空は分厚い雲に覆われていて、しとしとと秋雨《あきさめ》が降り続いている。

「だいじょうぶです！　あんなにいっぱい行きたいところがあるんですから」

どんよりした空模様の下、連続で蹴躓《けつまず》いてもじつに前向きな琥太郎だ。明るい琥太郎に助けられて、宗佑も笑顔で頷いた。

「そうだな。……あ、すぐ近くだし、縁結びで有名な花園《はなぞの》神社に行ってみる？」

「いいですね！　何よりまず、今後の恋愛成就をご祈願しておくべきかもしれません」

「リビダバビダの神様は怒らない？」

「初詣だって行きましたし、なんの問題もありません。さっそくまいりましょう！」

もともと信仰心が篤《あつ》い琥太郎は異教とはいえ、パワースポットとして有名な神社への参拝に眸を輝かせている。

花園神社の境内《けいだい》には、芸能と縁結びの神社もあるらしい。花園神社自体は商売繁盛の神様だから一カ所の参拝で三つのご利益《りやく》が得られるとのことだ。

トンネルみたいに続く赤い鳥居をくぐった先にある祠《ほこら》の手前で見上げれば、天井の梁《はり》の部分に男性器を模《かたど》った木造のご神体が祀《まつ》られていた。

「これは……もろにちんこだな。すげぇ」

横たわるように設置された巨大なイチモツを仰ぎ見て琥太郎も唖然としている。

「わ……お、おっきいですね」

後頭部に妙な威圧感を覚えながら参拝した。なんでも、その男根のご神体を撫でると、夫婦和合、子授け、縁結び、恋愛成就のご利益を頂戴《ちょうだい》できるらしい。

「でもさ……これを男が撫でてもちゃんとご利益あるのかな。おかしなことにならない？」

「神様なんですから、ちゃんと意向を酌み取ってくださるはずです！」

至極真面目に男根を撫でる琥太郎を見たら、どうしても笑わずにいられない。

「宗佑も清らかな気持ちで、心を込めて、良いご縁をと祈りながら撫でなきゃ駄目です」

「心を込めて……」

男ふたりで真剣に男根を撫でさする。この画どうなんだ……と疑問を抱きつつ「どの辺り？　この辺がいいのかな」ととくに他意なく呟いて亀頭部分に触れたら、それも何やら卑猥《ひわい》だしで、ついに琥太郎も下を向いて笑いだした。

「ほら。やっぱ琥太郎だって笑いたいの我慢してたんだろ」

「宗佑が変な言い方するからですっ。今のわざとですよね？」

「わざとじゃないよ。ほらほら、笑ってんじゃん。琥太郎も笑ってる！」

笑わせた、違う、とひとしきりはしゃいで、最後に琥太郎が「宗佑もちゃんとしましょう」と急に姿勢を正す。そして男根のご神体に向かって「神様、失礼いたしました」と無礼を詫《わ》び、頭を下げた。せっかく拝受したご利益を逃してしまってはならないと、宗佑も神妙な面持ちでそれに倣《なら》う。

お詣りをしたあと社務所で『男女和合のおまもり』を購入すると、隣にいた男性参拝客に「その中には男女のシンボルを模ったものが入ってるんだよ」と教えられた。

琥太郎がおまもりをじっと凝視しているので、「開けちゃ駄目だぞ」と釘《くぎ》を刺す。

「は、はい。なんとなく駄目かなって思ったんですけど、そう言われるとちょっと気になります」

それぞれバッグにしまって、まだ葉が青いイチョウの木に囲まれた参道を抜けた。あと一カ月ほど経てばここのイチョウが綺麗な黄金色《こがねいろ》に染まり、鈍色《にびいろ》の石の歩道を鮮やかに彩ることだろう。

ちょうど雨が上がり、ビニール傘の水滴を払って空を仰ぎ見ると、まるで未来を暗示するかのように雲の切れ間から陽《ひ》がさしている——そんな気がするほど晴れやかな気持ちになっていた。

幸運は続いて、見上げた空に虹がかかっている。琥太郎もそれをスマホで撮影して上機嫌だ。

神社仏閣巡りをする趣味はなかったけれど、こういう場所でのデートも新鮮だなと、いい発見ができた。

「お詣りもしたし、おまもりも買ったし、彼女できるといいなー」

「パワーが漲《みなぎ》った気がしますから、きっと恋愛も成就しますよ。僕もここに来て良かったです。なんだか心が洗われたような、すっきりした気分になりますね」

「俺も今そう思ってた」

琥太郎はうーんと背伸びをして深呼吸し、ほうっと息をついて宗佑と目が合うと満面の笑みを向けてくる。それから親指を立てて腕を突き出してきたので、宗佑も応えて琥太郎と拳を合わせた。

派手なアトラクションや目新しさなどなくても、琥太郎はこの調子で終始楽しげだ。曇り空も雨粒でさえ、琥太郎の明るさでぱっと一掃してくれた気がする。

「そろそろランチにしようか。話題の店だから並ぶの必須だろうな」

「それは急ぎましょう！」

琥太郎がいつもより幾分テンション高めな様子を微笑ましく思っていたら、目の前で石の段差にこけっと躓いた。「わ、あ」と声を上げる琥太郎の腕をがっしり摑まえてどうにか踏みとどまる。こちらに気を取られて足元を見ていなかったらしい。

「だいじょうぶかよ、慌てんなって」

「すみません、ありがとうございます」

そういえばきのうも夜とはいえ平道でこけてたっけ。スーツケースを持ってなくたって躓くのだから、たんにおっちょこちょいなんだろう。

琥太郎は頭ひとつ分くらい身長が低くて、育ってきた環境の影響なのかもともとの体形なのか、腕の太さなんかモトクロスを長年やっていた自分と比べたら細い。

宗佑は昔から小さいものに庇護《ひご》欲《よく》を掻き立てられる性分だ。モトクロスでは周囲に自分より幼い子たちがつねにいる環境だったので、宗佑自身末っ子だったことから、お世話するのも頼られるのも嬉しかった。

――カケルも俺より低いけど、べつにかわいくはないもんな。見た目の問題？

昨晩のふかふかのバスローブの感触と、琥太郎の身体を背後から抱きとめていた感覚がふと蘇って、宗佑は自分の手のひらをじっと見た。

琥太郎が狭いベッドから落っこちるかも、と心配になって引き寄せ、バスローブのもふもふが気持ちよかったのも手伝ってそのまま抱っこで寝てしまったのだ。

琥太郎もれっきとした男子。落ちたら怪我するほどやわではないだろうけど、手荒な扱いをしてはいけないと強く思わせる何かがある。琥太郎があまりにも深窓の令息、温室育ち然としているせいかもしれない。

もしカケルだったならベッドからはみ出ても落ちてもまったく気にならない。それ以前に一緒に寝るなんて選択からどうなんだ、と首を傾げたくなるが。

琥太郎といると、助けてやらなきゃ、護ってやらなきゃ、という気持ちがぐっと盛り上がる瞬間があって放っておけない。眠っているなら起こさないようにとか、風邪《かぜ》をひかせないようにとか。いても立ってもいられず、どうにかしてやりたくなるのだ。

琥太郎はきっとこれまでも、両親や祖父母や大人たちから、庇護されてきたのだろう。「喘息が出るからあんまり走っちゃ駄目よ」「寒くないか」とつねに体調を気遣われたりして。こちらが手を貸すと、屈託なく「ありがとうございます」と嬉しそうにするところを見るとそれを感じる。

人の思いやりを鬱陶しいと疎んだり、裏があるのではと疑ったりしない。美々しいお嬢様が容姿を褒められて「そんなことありません」と謙遜せず、控えめに「恐れ入ります」と微笑み返すみたいに。

そうでなくても、宗佑が見る琥太郎はいつもにこにこ顔だ。なんにでも素直な反応をするところなどかわいい。

そういえば今朝、ドスン！　という物音に驚いて飛び起きたら、落っことしてはたいへんと抱えて寝たはずの琥太郎がベッドから落ちていた。上から覗くと、琥太郎は目を瞬かせて、何が起こったのか分からない、といった相貌で。その素の表情を見て思わず笑ってしまったら、琥太郎もつられて笑っていた。

父親がどこぞのＣＥＯというセレブの琥太郎は、寝心地よりコストパフォーマンス重視のシングルサイズのベッドでなんか寝たことがなかったはずだ。だけど窮屈だと文句も言わない。

それどころか、琥太郎はベッドにごそごそと戻ってきて、またもとの位置にすっぽり収まったのだ。どっと頭の中に何かとてつもなく甘いものが湧いた気がした。

——くっそ、くっそかわいすぎ……！

落ち着け、と自らを宥めつつ宗佑が寝床の狭さを謝ると、「こうやって背中からハグでくっついて寝たので、あんまり狭いとは感じませんでした」と振り向きざまににっこりされて、その無邪気な人なつこさに、こっちがきゅん死にするかと思った。

うっかりとはいえ抱いて寝るなんて、庇護欲丸出しもいいところ。自分のことながら恥ずかしいのに、琥太郎的にも「僕だって成人男子だ」と切なくならなかったのだろうか。それをいそいそと戻ってきて嬉しそうな顔をされて、身悶えものだった。

育ちが違えば考え方も一線を画すのか。しかも異国の文化や思想が深く入り込んでいるから、宗佑の尺度で簡単に測れないところが多々あるのかもしれない。

琥太郎は機嫌を悪くしたり本気で腹を立てたりしないのかな？　——とそこまで思い巡らせてはっとした。あれは、狭さを詫びた宗佑に対する琥太郎なりの気遣いだったのではないか。

普通に考えたら、ベッドが広かろうが狭かろうが抱っこされて寝るなんて窮屈だったに決まっている。気遣いと取るのが自然なのに、庇護されるのを喜んでいたと解釈してどぎまぎするほうがちょっとおかしい。

前を歩く琥太郎の後頭部を見ながら「俺の感覚こそ、なんかズレてんだ」とぼそっと呟いたら、くるりと振り向いた。

「宗佑……お店の地図が分かりません……」

スマホ片手にハの字眉の琥太郎が、迷子の子犬よろしく助けを求めてくる。何度も言うが、頼られると快感ホルモン・ドーパミンが脳内に大放出されてしまう宗佑だ。

うっかりきゅんきゅんきた。そしてかっこいい俺スイッチオンになり、ウザいくらいの構いたがりが全力で発動する。

「あ、はいはい。見せてみな」

俺についておいで。いつだって俺がきみを助けてあげる——昔から彼女に言ってみたい台詞《せりふ》である。


目の前でカケルと桃花《ももか》が希有《けう》なものでも見るような顔をしている。ひと言で表すなら、目が点。

「……それまさか。まさかと思うけど、ペアルックじゃないよね」

桃花が指すのは、宗佑がブルゾンの下に重ね着しているネイビーブルーのパーカだ。

琥太郎は宗佑の隣ではぐはぐと総菜パンを食べている。学食の隅で委託販売されているのは鳳城大《ほうじょうだい》近くのベーカリーのもので、おいしいと評判だ。

焼きそばパン、たこ焼きパンなどの味を琥太郎はこれまでは訝《いぶか》しんでいたらしいが、宗佑に「うまいよ」とすすめられてから嵌まったらしい。今食べているのはきんぴらごぼうをマヨネーズであえた総菜パン。

「あぁ、これ？　同じショップで買った同じシリーズの色柄違い、かな。休みに琥太郎と表参道《おもてさんどう》・青山《あおやま》カフェ巡りデートやって、ふらっと入った店で『これいーなー』ってなって。ほら、このフードにボリュームがあるのがポイント」

とんかつ定食を食べる箸をとめて宗佑がのんきに答えると、カケルの首がガクンと折れた。再び頭を上げたときには、呆れを通り越したのか表情すら消えていて。

「そういうのを、ペアルックっていうんだよ。ばかなの？」

「あ……あぁ、そうなのか。考えてなかった、なぁ？」

琥太郎もごくんと嚥下《えんか》して「色と、少し柄が違いますから」と返している。ちなみに琥太郎のパーカは鮮やかなエバーグリーンで、お顔周りが明るく華やかに映りますよ、と店員にすすめられて購入した。たしかに似合っている。琥太郎はくすんだ色合いのものより、パキッとしたカラーが好きなようだ。

「デザインが多少違っても、同じブランドの同じシリーズだなーって見りゃ分かるっつーの！　ツッコミどころがありすぎてお兄さん順番に問い詰めるけど、しかも今お前しれっと『デート』っつったぞ。毎週毎週きみたち何やってんの？　男同士でカフェ巡りって、しまいにはカフェ巡りって！」

リハーサル、シミュレーションなど、いちいち『デートの』にくっつけるのが面倒なだけだ。

「え、べつにいーじゃん。楽しいぞ、カフェ巡り。毎週っていうけど先々週は俺がバイトだったから会ってない」

EST BOY
91
WEST BOY
55

宗佑のお気楽な応答に半笑いの桃花の隣で、カケルは「ああああ」と唸りながら額を手で押さえている。

「レジャーでもテーマパークでもなく、これといって必要に迫られた買い物でもない。俺からしたらカフェ巡りってとくにすることないときに行くって感覚なんだけど、違うの？　カフェ巡りそのものが趣味ってわけじゃないだろ。なんつーか……とにかく訳もなく一緒にいたいの感、がひしひし伝わるっていうかさ」

分かる？　言いたいこと分かる？　とカケルは桃花に同意を求めると、桃花は「目的がなくても毎週一緒に過ごすのが当たり前になってるんだよね？」と笑った。

ふたりで過ごす理由と目的『恋のリハーサル』をカケルたちに説明するのはちょっと恥ずかしいのでただの『仲良し』で通していたが、ニコイチすぎてさすがに引かせたらしい。

でもふたりであちこち行ったりするのがおもしろくて仕方ないのは事実だ。

「デニッシュフレンチトーストうまかったよな、琥太郎」

「そのあとに行ったコールドプレスジュースもおいしかったですね」

行列での待ち時間の過ごし方を踏まえ、女性が好きそうな話題のショップやカフェをあえて狙って、場合によっては早起きだってする。宗佑がバイトをしている平日はメールでどこへ行くかなど連絡を取り合っているから、おかげで一週間が大充実だ。

男ふたりでも楽しめて、しかもどの店もおいしい。「これは並ぶ価値ありますよね」と女子のみなさんで埋め尽くされた店内できゃっきゃしてると、案外周囲は歓迎ムードで優しく接してくれる。

「何そのスイーツの先端を行ってるかんじ。何そのコールドプレスジュースって」

宗佑が「今度一緒に行く？」とカケルを誘えば「やだよ！　カップル邪魔してる俺があぶれるじゃねーか！」と迷惑そうな顔をした。

「どう見ても俺らの目の前にいるの、バカップルだろ。いやもう、付き合ってるなら付き合ってるでいいからさ、え？　いいのか？　まぁとにかく、友だちの俺たちには、それならそうとちゃんと報告しろ」

「宗佑くん、やっぱそっち行ったんだぁ……」

やっぱ、ってなんだ。まるで女子にモテないからそっちに走ったと言われているようで心外だ。

「付き合ってるとかじゃなくて、普通に友だちだよ、なぁ？」

宗佑が同意を求めると琥太郎もヨーグルトジュースをゴクンと飲んで「はい、お友だちです」と答え、宗佑と目を合わせてにっこりなんてするから、カケルが仰《の》け反《ぞ》った。

「いちいち互いの視線絡ませて意見を確認し合って返事してんなよぉ……」

その向かいで、「きんぴらマヨにヨーグルトジュースって気持ち悪くない？」「おいしいですよ」とまったくもって意に介さずな宗佑と琥太郎である。

カケルは呆れ顔になりながらも身を乗り出してきた。

「あっちは。あっちは何も言ってこないのかよ」

「あっち?」

「双子だよ。本多《ほんだ》兄弟」

本多兄弟は食事を終えてさっさと学食から出ていった。もうやってられねーよ、と言いたげにため息をついて。宗佑たちは窓際の六人掛けのテーブルで、席がふたつ余っているのに本多兄弟はその隣の島のテーブルにいつも座る。つかず離れずだ。

「電話ガンガンかかってきたし、呼び出されたりした」

あのふたりに毎日うるさく言われすぎたおかげで、外野の声に少々無頓着になったかもしれない。

宗佑と琥太郎がすっかり仲良くなり、本多兄弟はしばらく静観の構えを見せていたものの、ついに痺《しび》れを切らしたのか「お前は琥太郎をこれからどうする気だ」「琥太郎をこれ以上穢《けが》すな」と電話口で嚙みついてきた。

そもそも穢すってなんだ。言いがかりも甚だしい。

しまいには「琥太郎を泣かせたらただじゃおかないからな」と面と向かって凄《すご》まれた。最後はつまり、あれこれ文句を言ったり口出ししたりするのは控えるけど、だからといって許したわけじゃないからな、と牽制《けんせい》されたのだ。「泣かせるわけない」ときっぱり言い放ったら、ふたりとも黙ってしまったのだが。

どれだけ悪人と思われているのか知らないが、そんなひどい扱いをしたこともなければするつもりもない。友だちとして付き合うのに、どうして本多兄弟の許可が必要なのかも分からない。

琥太郎がいやがっているなら忠告を聞いてしかるべきだと思うけれど、琥太郎本人が「宗佑と遊ぶの楽しいし好きです！」とあっけらかんと答えるから、あの兄弟は何も言えなくなるのだ。だからってこちらに八つ当たり同然で難癖をつけられても困る。

「一方的だし、こっちから歩み寄る必要もないかなって」

本多兄弟は琥太郎の友だちなのだし、琥太郎が気を使わないですむように穏便にできないものかと自分でも思うけれど、その件はちょっと持て余している。

話題を変えようと、宗佑は「そういえば」と声を明るくした。

「ちょっと前に人形町《にんぎょうちょう》巡りってのをやってさ。ひとつの町を散歩がてら食べ歩きするの、いろいろ発見があってけっこうよかったよな」

「僕、今度下北巡りしたいです」

「いいね。吉祥寺《きちじょうじ》とか、上野《うえの》で博物館巡りとかも琥太郎は好きなんじゃない？」

「あっ、科学博物館の恐竜が見たいです！　普通は小学生が見学に行くそうなんですが、僕はその頃を日本で過ごしていないので」

次のデートの計画で盛り上がるふたりを前にして、カケルと桃花はそれぞれ別の用があると席を立ったので「また明日～」と見送った。

琥太郎と初めて言葉を交わしてからあっという間のひと月だった。

十一月下旬、季節は秋から冬へ移り、出かけるときにはコートが手放せなくなった。

会うのは土曜だけじゃない。火曜日に入れていたバイト先が閉店したので、もう新しいバイトは探さずに単位取得優先で五限まで履修し、終わったら琥太郎と待ち合わせて夕飯を食べることが多くなった。他の日もバイトまでの空き時間に一緒に課題をやったり、卓球バーへ行ったり。何度か泊まりにだって来た。朝方までゲーム対決をした日もある。

——これで一緒に寝てるとか言ったらまた変な誤解を招くだろうな。

疚《やま》しいわけじゃないけれど、カケルたちになんとなく話していないこともあったりして。

「あ、でも今週の土曜は無理かな。上の兄貴たちもひさびさに実家に揃うからさ。親父の誕生日なんだわ」

「ご家族でお祝いされるんですか？　素敵ですね！」

「んまぁ、男手ひとつで育ててくれて、俺もハタチになって、いちおう自分でバイトしたお金もあるから、なんかしたほうがいいよなーって。学費出してもらってる学生の分際で偉そうなことは言えないんだけど」

「きっとお父様、お喜びになられますよ」

琥太郎のほうがなぜかほくほくとした笑顔だ。

「で、次の日曜は……例のアレ、琥太郎も行ってみる？」

「……えっ。いいんですか？」

例のアレ、とはキッズやジュニアのモトクロスのデモンストレーションを披露するのだ。四歳から十五歳までのライダーたちが出場する大会で、宗佑はライディングのデモンストレーションを披露するのだ。

モトクロスの一線から退《ひ》いたあと、神奈川《かながわ》・埼玉《さいたま》・千葉《ちば》で行われているキッズスクールで、オブザーバーとして日曜日に月二、三回子供たちを指導している。選手時代にお世話になった人に「うちでバイトしないか」と誘われたのがきっかけだった。今度デモを披露する大会には、そこの子供たちも出場する。

しかし土埃《つちぼこり》がひどく、つきっきりになれないし、琥太郎はエンジンの爆音と豪快なパフォーマンスに驚いて腰を抜かすかもしれない。

「誰かについてきてもらったほうがいいんじゃないかと……」

「だいじょうぶです。僕だって大人ですし！」

ぎゅっと拳を握り、自尊心を傷つけられたとむくれる琥太郎がかわいい。

「おっけ。じゃあ、俺のバイクで行くんだけど、うしろに乗れる？　あ、レース専用のじゃなくて、ちゃんと普通に公道も走るやつだから安定性あるし」

「乗ってみたいです！　宗佑のうしろに乗ります」

「ヘルメットは俺のでよかったら貸すよ。慣れてないと疲れるしケツ痛くなるから、何回か試し乗りしたほうがいいかな。木曜あたり、葛西《かさい》臨海公園くらいまで行ってみるかー」

琥太郎は決まっただけで大興奮。

タンデムに慣れて暖かな季節になったら江ノ島《えのしま》辺りまで行くのもいいな——とその傍らで宗佑も思いを巡らせた。

同じ目黒の実家まで徒歩十五分。近いけれど宗佑が顔を出すのは月に一度ほどだ。早期自立を推進してきた父親なので甘えてると誤解されたくないのと、最近どうもいい人ができたようなので気を使うのもある。

兄ふたりとお金を出し合って選んだ父の五十七回目の誕生日のプレゼントは、シャツとネクタイ、これから寒くなるので発熱繊維の肌着。公認会計士として現役で働いているので、定番だけど使えるものがいいだろうということになったのだ。

兄たちが実業団時代の自炊で培《つちか》った腕前を披露し作った大皿料理と、宗佑はワンホールのバースデーケーキを用意した。

男ばかり四人の食卓。子供の頃の思い出話などで盛り上がり、いちばん上の兄・大佑からの「突然ですがお知らせがあります」で、場の空気がぴんっと張り詰めた。

「彼女と結婚することになりました」

「おおっ、ついに！　おめでとう！　式はいつ？」

宗佑とハイタッチして、「ありがとう。来年秋の予定」と大佑は満面の笑みだ。

父には早くに紹介ずみと聞いていたし、宗佑も相手の女性と会ったことがある。二番目の兄・友佑も交際してもうすぐ二年になる彼女がいるので、「俺も続かなきゃかな～」なんてのろけているところを見ると順調に結婚まで漕《こ》ぎ着けるのかも。

「で、宗佑は相変わらず？」

この流れで絶対来ると構えていたので「幸せオーラ浴びせてください」とひれ伏してみせると、三人から爆笑された。

「笑いすぎ。俺だってがんばってんだぞ」

「チョモランマ級に積み上げた妄想やら理想をぜーんぶ女の子にぶつけてドン引きさせてんだろ。そのがんばるベクトル、ちょっと変えてみりゃいいのに」

ずばっと突っ込んでくるあたり、友佑はカケルに似ている。

「自分が相手に合わせて無理しても続かないって分かったから、いつか『そんなあなたが好き』って言ってくれる人が現れるの待ってんだよ」

恋に恋する発言に父も兄たちも苦笑い。でもそんな受け身な発言をしつつ、デートのシミュレーションなど恋愛トレーニングをしているのは家族にだって秘密だ。

「まぁ、まだハタチだしな」

大佑に慰められていると、父親が「あー、そうだ宗佑」スマホを操作し始めた。

「何週間か前にうちに顔出したとき、小山内《おさない》が来てただろ」

「あー、親父の大学のときの友だちだっけ。あの人、背高くて渋いよな」

「あいつの娘さんがお前に会いたいらしいんだけど」

「は？」

よく分からない展開だ、と首を捻《ひね》ったら思い出した。高校生の頃、たしかその子を一度だけ見たことがあるような……。

「小山内んちの新築祝いのときに会ったの、覚えてないかな。宗佑のひとつ下で、名前はあかりさん。今は横浜《よこはま》の大学に行ってるらしい」

なかなかの美人さんだぞ、とスマホの画面を見せられた。

母親と一緒に来客である父をもてなしていたのか、エプロン姿で少し照れくさそうに笑っている女性が写っている。緩やかなウェーブの髪をサイドで纏めて、全体的にふんわりとした雰囲気だ。

兄ふたりもスマホの周りに集まってきて「お、かわいいじゃん」「好みなんじゃない？」なんて言い合っている。

「女の子は変わるよなぁ。宗佑と会ったときは十六歳だったろうから当然か」

「え……それでなんで俺？」

「うちに来たとき小山内に誘われたから、土曜に横浜のあいつの家で久しぶりに飲んだんだよ。で、お前の話になった。なんでもあかりさんは新築祝いで会ったとき、宗佑のことが気になってたんだって。あっちも今彼はいないって言って……あ、でも宗佑がモテなくてほとほと困ってるとは言ってない」

それ今は余計なフォローですお父さん。

「あっちも大学生だし、明るくて話しやすい子だったぞ。一度ふたりで会ってみたらどうだ」

そういうことね、とスマホを父親に返した。

なぜだかもやっとする。息子のモテない列伝に今まで笑いはしてもとくに口を出さなかったのに。しかし今回は、友人とその娘から繋ぎ役をそれとなく頼まれたようなものだ。

——いや、口を出されたことにもやっとしてるんじゃなくて……。

駄目になったときや、断ったときにみんなが気まずくならないか——それがいちばん最初に頭に浮かんだのだ。

——琥太郎はあのときなんて言ったっけ？

映画の主人公が「これは運命の恋だ」と街中で踊る姿を見て、琥太郎は神の教えに沿った自身の恋愛論と照らし合わせていた。

この先別れるかも傷つけるかもと未来を想像するのだって不誠実と言えないだろうか……たしか琥太郎はそんな考えを話していたはずだ。

「……スマホで写真撮ってきたってことはつまり、俺の返事次第……みたいな話になってんの？」

「なんだ、付き合ってる子でもいるのか」

「いや、いないよ。いないけど。会ったけど違うかなーって思ったり、うまくいかなくなったりしたらさ。小山内さんと親父は友だちなわけだし」

「その辺を気にしてるならそもそも紹介しないだろ。少なくとも、俺は宗佑があちらへ二度と顔向けできないほど不誠実なことをするような男じゃないって思ってるしな。恋愛がうまくいくいかないはお互いさまだろ。相性だってあるし」

父は「ははは」と笑っている。

信頼してくれていて嬉しいけれど、これでますます会うのすら断りにくくなった。

「べつに見合いしろってわけじゃないんだから。でも気乗りしないなら……」

「や、うん、分かった。一回会ってみる」

彼女ができたらしい、などと適当な嘘をつかせてまで親に断らせるのもきつい。

父親の話にも納得したはずなのに、胸の内側に燻《くすぶ》ったもやもやがなぜかいつまでも消えなかった。

＊＊＊＊＊＊＊

レースが行われる日曜日はすっきりとした青空で、陽が当たる場所はぽかぽか暖かいくらい。でも山奥のモトクロスコースに吹きすさぶ風は冷たくて、琥太郎《こたろう》は防寒用に羽織《はお》ってきたジャケットの首元を上まで詰めた。

平日に予行演習のため二度、宗佑《そうすけ》のバイクのタンデムシートに乗せてもらった。首都高も事前に体験したし、今日はそれより距離と時間が長くなっただけ。

背中にしがみついて、宗佑の身体の一部になった気分で呼吸を合わせて体重移動させる。最初はバイクのエンジン音と全身に響く振動に相当どきどきしたけれど、乗り慣れれば楽しいものだった。

全国大会じゃないから規模はそんなに大きくないよ、と事前に聞いていたが、実際に来てみればファミリー用の大型ワンボックスカーやバイクを積んだトラックなどで駐車場はいっぱいで、コース外には屋台や企業ブースの出店もあり、フェスや夏まつりみたいな賑わいだ。

「この黄色と黒のトラロープ内なら安全ってわけじゃない。万が一バイクが突っ込んできそうだったら逃げろよ。土埃が凄いから喘息が再発しないようにちゃんとマスクして」

宗佑のアドバイスに琥太郎はにわかに緊張を漲らせて「分かりました」と頷いた。装着するのは両親から持たされてしまった工場用の大げさな防塵《ぼうじん》マスクだ。宗佑がさっきそのマスクのフィルター部分のはしっこに「こたろう」の名前とヘタウマな似顔絵を描いてくれた。

じっと宗佑の顔を見つめると宗佑は防塵マスクの鼻の辺りを指でピンと弾いて「琥太郎が緊張することないよ」と笑う。土埃で汚れないようにと防寒ジャケットのフードを頭に被せてくれて、宗佑はレースに出場する子供たちの前に立った。

今日の宗佑はいつもと違う。初めて見るモトクロス用のウエアだし、表情もきりりと引き締まっていて、ちびっ子たちの前では頼れるお兄さんになっている。

「だいじょうぶ。普段どおり走ればライバルチームに勝てる！　行け！」

宗佑の発破に子供たちは元気よく「はい！」と答えてスタート地点へ駆けていった。

子供のモトクロスとはいえ未舗装の周回コースにいくつも小さな山谷があり、ジャンプや素早いコーナーリングで順位を競う。十五歳くらいのジュニアたちになると、本格的な大会に出場する選手らに負けず劣らずのライディングテクニックを持っているらしい。

午前中にまずはかわいいちびっ子たちのレースが始まった。小さなポケットバイクだけど、横一列に並び一斉にスタートを切って走る姿は立派な選手然としている。

徐々に年齢とマシンの排気量が上がると、目の前を通過するスピードやテクニックも比例し難易度も増していく。

バイクに跨《また》がってあのスピードでジャンプ？　と目を剝くようなシーンの連続でおっかなびっくりだったけれど、琥太郎も途中から拳を振り上げてスクールの保護者と一緒になって選手たちを応援した。途中で防塵マスクを取って声を張り上げたかったくらいだ。

キッズとジュニアの白熱したレースは三時間ほどで終了。表彰式は昼休憩のあとに行うとアナウンスされている。

がんばった子供たちにおにぎりや豚汁が振る舞われて、ついに宗佑のデモンストレーションの時間になった。

「宗佑さん、がんばってー！」

ママたちが声を上げると、子供たちも見学用のトラロープぎりぎりまで集まってきて、みんな思い思いの声援を送っている。

ライディングコース前は、ライダーと保護者、一般の見物人が入り交じって黒山の人だかり。琥太郎もいてもたってもいられずに、ついに防塵マスクを取った。だって自分の声が同じように宗佑に届かないなんていやだ。

マイクパフォーマーが三都井《みつい》宗佑のプロフィールを簡単に紹介し、ヘルメットを着けた宗佑がスタート地点に立つ。

宗佑は五歳から50ccのキッズバイクに乗り始め、初めてレースに出場したのが七歳。それから十七歳までの十年間、日本一に上り詰めるまで色恋には目もくれず、勉強はちょっとがんばったのだと宗佑が言っていた。

どきどきと胸が高鳴る。子供たちがジャンプを失敗して土に突っ込むところを何度も見た――だからどうか怪我なんかしませんように、と祈って。

ブウォンとエンジンを噴かす音が響き、観客が指笛を鳴らした。

遠目のせいか穏やかに見えるスタートからいっきに加速し、まずは小手調べに軽いジャンプ。連続するコブをリズミカルに跳ね、前輪が浮いた状態でのターン、難易度が高い右回りのコーナーリングも鮮やかに決めていく。競技とは違う魅せるパフォーマンスで、いくらか動きが派手だ。

「かっこいい！　宗佑さーん！」

観客からまるでアイドルに向けるような声援が上がる。負けじと琥太郎も声の限りに名前を叫んだ。

身体を斜めに倒しながら高さと距離のあるジャンプ、体勢を整えての見事な着地、キレのある走りで観客を魅了する。宗佑のパフォーマンスをビデオに収めたり写真を撮ったりする者も大勢いて、女性ばかりでなく男性らも熱い声援を送っていた。

「凄い……かっこいい」

思わず呟いたら、前にいた小学六年生くらいの男の子が振り向いた。

「俺も宗佑さんみたいになるんだ」

キラキラした眸でそう宣言され、なぜか関係ない琥太郎が嬉しくなってしまう。「うん、がんばって」と頷き、再び奥のコースを疾走する宗佑に目線を戻した。

――僕と遊んだり、課題に取り組んだり、バイトしてる宗佑しか知らなかったけど……。

ゴールの手前にあるフィニッシュジャンプをアクセル全開で華麗に跳んで、宗佑のデモンストレーションは終了した。

メインステージではスポンサー企業によるウエアや新型マシンの宣伝が始まっている。

琥太郎の目の前でママふたりが宗佑の話を始めた。

「現役やめてもコースに通って、子供たちに指導したあと練習してたみたいね」

「おもてには出さないけど、走りを見たら分かるよね。ほら、あんたたちも練習サボっちゃ駄目だよ。ほんとに凄い人は見てないとこでめっちゃがんばってんだからね」

分かってるよやってるよーとの子供たちの反論と、ママたちの言葉を耳にしながら、自分が褒められたわけじゃないのに琥太郎まで誇らしげな気持ちになった。みんなが宗佑のことを好きな気がして嬉しい。

さっきからずっと胸がぽかぽかどきどきして、興奮冷めやらない自分がいる。

「あーねぇねぇ、『こたろう』くん？　宗佑さんが戻ってきたら一緒にお昼食べよう。おにぎりと豚汁残しておいたから」

マスクに書いていた名前を覚えてくれたらしく、さっき宗佑を褒めていたママのひとりにそう声をかけられた。初めて来たのにアットホームな雰囲気で受け入れてくれる人たちも素敵だ。

おいでよと手招きされ、琥太郎は「ありがとうございます」と顔をほころばせた。


モトクロスコースにいるときは別人みたいな気がしていたけれど、自宅前まで送ってくれた宗佑はいつもの調子で「あー風呂入りてぇ」と屈託なく笑っている。

静かな住宅街だからエンジンをいったん切って、宗佑もバイクを降りた。

「今日は楽しかったです。宗佑が凄くかっこよくてどきどきして、死ぬかと思いました」

「そんな？　えー、俺も嬉しい」

照れ笑いもいつもの調子でほっとするのに、また胸は違うふうに変調して、どきどきはいっこうにやまない。

「……宗佑は、もう選手としてはレースに出ないんですか？　ほんとに素敵で、宗佑がレースで走っていた頃を僕も見たかったなって思って」

初めて見て言うことでもないだろうけど、あれだけ走れるのだし、周りもきっと期待してるんじゃないだろうか。

「現役でレースに出るってなると、もっとストイックに、普段の生活自体を変えなきゃ。そっちでやってくって選択肢もあったんだろうけど、俺はその頃まだ十代で、人生モトクロスだけってわけじゃないだろって思ったの。自分から可能性狭めるっていうか、他のことを知らない大人になるのがいやだったっていうか。レースに出てると、きっと恋人はないがしろにするし、勉強は中途半端。なんでも器用にこなせればいいんだけど、どこかでレースを言い訳にしちゃうだろうし。たとえば大怪我してバイクに乗れなくなったとき『俺なんもできない、なんもない』みたいなのも怖かったんだよな」

基本ヘタレなんだ、と最後に笑ったけれど、琥太郎は違うと首を振った。頂点を極めたあと、宗佑はちゃんと足元を見たのだ。今の自分だけじゃなく、親や兄弟や友だちのこと、ずっと先の未来まで。

「いいえ、僕こそごめんなさい。今日観戦したばっかりのくせに」

「いや、そんなふうに褒めてくれて嬉しい。未練たらたらってわけじゃないけどバイクは今でも好きで、ああやって子供たちに教えたりするのは楽しいしやりがいある。だから完全にモトクロスから離れる気はないんだ。俺を目標にしてるって言ってくれる子とかいてさ、そういうの聞くともー泣きそうになるよ」

「僕も、自分のことみたいに嬉しかったです」

宗佑は自分じゃないのに、なんでこんなに胸が沸くのだろう。指先まで痺れている気がして、琥太郎は手のひらを見つめた。レース場からの帰り道もずっと宗佑の身体に巻きつけていた腕が温かくて、今はなんだかとても寂しい。もっと一緒にいたい。

「あの、よかったらうちに上がってお茶でも」

「いやいや、土埃被ってるからきったねーし。初めてお邪魔するのに泥だらけとかいやがらせだろ。また今度な。しかしめっちゃでかいな、家。どこからどこまであるんだよ」

ワンブロック、白い塀にぐるりと囲まれていて、宗佑は首を伸ばして後方を見やっている。

「じゃあ今度は、遊びに来てください」

「うん、またそのうち。家に入る前に、ぱぱって上着の土は払って。すぐ風呂入って、髪はちゃんと二回洗えよ。あ、」

突然、宗佑の腕がこちらへ向かって伸びて、ぐいと首のうしろから引き寄せられた。すん、と髪を嗅いだとき、宗佑の口元がそこに触れる。

「フード被ってたからか。相変わらずママシャンないい匂い。でもちゃんと洗ってな」

宗佑が再びエンジンをかけ、「じゃあ」と挨拶されるまで声も出なかった。

「また明日……」

息も絶え絶えになりながらどうにかそれだけ返すとバイクは発進し、次の角を曲がってあっという間に走り去った。

指先が震えている気がして、琥太郎はぎゅっと拳を握った。頰と耳が異様に熱い。高熱が出ていそうな気がするほど。

「か、髪にキスは、駄目です」

なぜだかうまく笑えない。

髪にキスは、リビダニアで『最愛を示す行為』であって「エッチしよう」の合図に使うものだ。宗佑の行動にそんな意味などないと分かっているのに、何を勘違いしているのか身体がヒートアップしていく。

「こ、興奮しすぎた……」

これはきっとモトクロスレース場で、高まりっぱなしで胸が痛くなるほど素晴らしいパフォーマンスを観たせいだ。

「……お風呂入ろう」

宗佑に言われたとおり防寒ジャケットを脱いで土埃を払い落とし、琥太郎は自宅玄関前で大きく深呼吸を何度もしなければならなかった。

十二月に入ってから大学の研究室の入り口にクリスマスのリースが飾られたり、談話室やこのカフェテリアでもクリスマスパーティーの話題をよく耳にするようになった。

「今度の土曜はちょっと用があってさ。だから金曜もちょっと」

「……あ、そうなんですね」

土曜日にたとえバイトが入っても、まるまる一日駄目なんてことは今までなかったし、日曜日にあまり遊べなかったのはキッズモトクロスの教室で指導していたからだと最近知った。クリスマスが近いし、今度の土曜は宗佑とプレゼントを見に行くのもいいかもと思っていた琥太郎としては少しがっかりだ。

宗佑に「どんな用があるんですか？」と訊きたいけどさっきの言い方だとなんとなく立ち入ってはいけない気がして、スケジュール帳の五日のところに小さく『×』をつける。

胸にちくんと刺さる記号だな……とそれを見下ろしていたら、宗佑が「あのさ」とあらたまったので顔を上げた。

「その日、親父の紹介で女の子と会うことになってて」

宗佑の言葉をすぐに呑《の》み込めず、ぽかんとした。

頭の中で反芻《はんすう》する——オンナノコト、アウ。

「え……そうなんですか」

「あ、あれっ？　反応薄いな」

「え、え、あ、すみません。ちょっとびっくりしました。え、お父様のご紹介？　もしかしてそれはお見合いですか？」

言いながら、どんどん指先が冷えていくのを感じた。どうしてだかひどく緊張している。

「いや、そんな大げさなやつじゃなくて。親父の友だちの娘さんなんだ。高校生のとき一回だけ会ったことあるらしくて。俺はあんまり覚えてなかったんだけど……」

ようするに、相手の女性は宗佑を覚えてた、ということなんだろう。

「さすがです。その頃から記憶に残るほど印象的なイケメンだったんでしょうね」

なんだか誰かの台詞をそのまま棒読みしているかんじでいやだ。

声に棘《とげ》があったかもしれないと焦って、笑顔でごまかす。

胸の内側はどろりとした黒いタールでも注がれたみたいになって息苦しい。

「ぜんぜん！　モトクロスバカ全盛期だよ。髪はばさばさで顔もがさがさだし、服もテキトーで、あんまりひどかったからあっちは覚えてたのかも」

あっち、なんて言い方にも親しさが滲んでいる気がしてもやっとする。でも一度しか会ってないって話だったっけ……と宗佑の言葉を精査するのに時間がかかった。

「デートするってことですか？　ついにリハーサルじゃなくて本番なんですね」

「うーん……」

宗佑の歯切れの悪さは照れ隠しなんだろうか。女性とのデートやお付き合いを成功させるための琥太郎とのシミュレーションが役立つ日が来たのだ。

「もっと嬉しそうにしたらいいのに……」

こんな意地悪を言うつもりなんかない。なのに、頭が痺れて上手に話せない。

「あ、嬉しそうに見えない？　ん、まぁちょっと困惑は、してる。ふたりの間で完結しないで、親父たちとか巻き込んで気まずくなる結果ばっかり頭に浮かぶっつーか」

「うまくいかないって、想像しちゃうってことですか」

「もしそうなっても気にしないでいいって親父には言われたし、あっちの親も凄くいい人だって分かってるんだけど。会う前から誰かを傷つけるかもって悪い想像するのって相手にも失礼だし、琥太郎も前に『それって誠実っていうのかな』みたいなこと言ってただろ」

「僕のせい？」

「え？　違う違う。そうじゃなくて」

あまりにも不機嫌なのがあらわで雑な言い方をしてしまって、宗佑が驚いている。

「つまり俺がまたふられるのが怖くてびびってるって話だな」

あはは、と明るく笑ってくれたのに、口元が強張ってうまく笑い返せない。

「だいじょうぶですよ……宗佑は、宗佑が自分で思ってるようなモテない男じゃありません。凄くかっこよくて、優しくて、いい男です。それに気付かない人は、あなたをちゃんと見てなかっただけで、たんに相性が悪かったんです」

　本当のことを言っているうちに、少し心が静まった。

「毎日バイトをがんばってる宗佑を疑ったり、周囲の評価ばかり信じて宗佑の姿を歪《ゆが》んだフィルター越しにしか見てなかったから、知らないだけです。宗佑のメールは楽しいし、今どこって心配してくれるメールや電話だって、いつも宗佑が気にかけてくれてるのが分かって僕は嬉しかったから。一生懸命デートのプランを練って、はやってるものをリサーチして、そういうのを調べまくる男を格好悪いって嗤う人もいるけど、それの何がいけないんですか」

　なぜだか興奮してきて、じわっと眸が濡れる。

「あ、う、うん、ありがとう」

「宗佑は、宗佑のことを分かってくれる人と、ちゃんと出会えます」

　自分以外の誰かと。

　そう思ったら、ひどく胸が軋《きし》んで、全身に鉛を詰められたみたいに重くなった。

　自分でも驚くほどすらすらと嘘をついた口が、ふるりと震える。

　目の前に置いた紙コップの丸い飲み口が視界に入って、ひどくどきりとした。

　――違う、嘘は言っていない。宗佑は本当に素敵な人だから。だから……。

「…………」

嘘ではないが、自分の言葉を篩《ふるい》にかけたら、その裏側に隠れていたものを見つけた気がした。

神様はいつだって琥太郎の行動を、心を、見ているんだよ――リビダニアの祖父の言葉が蘇り、頭が真っ白になる。

「もうそろそろ行かなきゃ……次のゼミに必要な資料のコピーを頼まれてたんでした」

宗佑の顔をほとんど見られないまま立ち上がると、宗佑に「琥太郎」と呼びとめられた。

「あとでメールする」

「……は、はい」

どうにか目を合わせて頷いて、足早にカフェテリアを立ち去った。

宗佑がデートする相手はどんな人なんだろう。

一度だけ会ったことがあって、何年も経ってから再会するなんてまるでドラマみたいだ。

さっき宗佑はぼさぼさでがさがさだったと自虐的な言い方をしていたけれど、大学生になった今は誰の目にも洗練されて映るのだから、初めて対面したときより好感度が下がるとは思えない。

見たこともない人と、たいして知りもしないエピソードではそれくらいしか想像の余地がなくて、あとはただただ、自分の黒い部分を知って落ち込んだ。

相手とうまくいかなかったときのことを考えてしまうと宗佑が話していたとき、宗佑がその女性と付き合わなかったら、自分が宗佑とまたデートできる——そう思ったのだ。

そもそも宗佑の恋愛成就を願って始めたシミュレーションなのに、自分以外の誰かが隣に立つのを考えると平静ではいられなくなった。

子供みたいなやきもちをやいているのだ。たとえ宗佑に恋人ができても、友だちなんだから二度と遊べなくなるわけじゃないのに、どの部分かに納得できない自分がいる。

ふとポケットの中を探ると、指先にかさっとした感触があり、それを取り出すと思わずため息が出た。

リビダニアの匂いがするレモンキャンディー。

包みを開けてレモンイエローのそれを口の中に入れ、ころころと転がす。鼻孔を抜ける爽やかなレモンの香りを嗅ぎ取っても、波立つ心はいつまでも乱れたままだった。


金曜日はスタートから最悪だった。

提出しなければならないレポートを自宅に忘れて、提出期限を守らなかったために大幅な減点だ。いつもならクラウドにアップロードしてどこからでも取り出せるようにしているのに、そういうものに限ってファイルを同期させていなかった。

教授に頭を下げて、受け取り拒否という最悪の事態はどうにか免《まぬか》れたものの、ぼんやりしていたせいでゼミの場所が変更されているのに気付かず大慌て。大学のクラスウェブで調べようとしたらパスワードロックがかかってしまい再設定を申請するという、しょうもない駄目っぷりをことごとく発揮してしまった。

「あの男のことばっか考えてぼけーっとしてっからだろ」

相も変わらず信《しん》と連《れん》に助けてもらって、「すみません」と項垂れながらふたりに学内のコンビニ肉まんを二個ずつ奢る。

言い返す言葉もない。明日宗佑はどこかの誰かと運命的に再会を果たすのだ。金曜から遊べないと言ったのは、翌日に備えていろいろと計画をしたり、身嗜《みだしな》みを整えたり、なんだかんだでがんばるつもりだからだ。

「いいときばっかり信と連を頼るみたいな、そういうのもごめんなさい」

ぺこんと頭を下げると、信と連が肉まんを食べる手をとめた。

「友だちなんだし、べつに変な気ぃ使う必要はないだろ。こんなときばっかりなんて思ってねーよ。琥太郎と俺たちの付き合いは前と変わってない。ただメシ食うときにあの男が琥太郎のすぐ傍にいたり、やたら視界にちょろちょろ入ってくるから、いらっとするくらいで」

連は言い方はあれだけど、根っこは優しい。

「琥太郎が幸せそうにしてるから口出しできないだけ。でも泣かせたらボコる」

信が静かにそう言い放ったのでどきりとした。

もし宗佑に彼女ができたら、平気でいられるだろうか。

しかし泣いたりしたら、信と連が宗佑をボコると言っているのだ。これは絶対に何があっても泣けない。

「泣くわけないです」

きっぱり宣言すると、連が「うへー」と舌を出した。

宗佑からいつもの他愛もないメールは今日も来た。カフェテリアで土曜日のデートの予定を聞かされた日ももちろん。その日のメールには『キッズモトクロス教室のオーナーやパパママたちが練習のあと集まってお弁当食べたりするし、よかったらまた遊びに来てって言ってたから、時間が合えば琥太郎も』というお誘いが書かれてあった。

宗佑が走るわけじゃないけれど、子供たちに教える姿も見てみたい。パパママたちに人気で、子供たちの憧れで、そんな宗佑を見ると自分まで誇らしくなれるから。

初めて宗佑についてきただけの琥太郎にもみんな親切で優しくて、あの日は楽しい一日だった。またこういう大会があったら、今度はチームのみんなで食べられるくらいの豪華な重箱を持っていきたいなんて考えたくらいだ。

誘ってもらったのは嬉しくて『ぜひ、そのときはよろしくお願いします』と返事をしたものの、頭の隅っこに宗佑のデート相手のことがちらついた。

たとえ彼女ができても自分と宗佑は友だちなのだから、これからも日曜日にはときどき子供たち含めて大勢でご飯食べたりして遊べるかな、でいいはずなのに。

そのときふと頭に閃いた答えに、琥太郎は自分の狭さを知って悲しくなった。

みんなの中の宗佑がいらないわけじゃなくて、独り占めできる人が羨ましいのだ。

独り占めできていた時間は、そんな自分の身勝手さを知らなかっただけ。

「僕は……わがままなんでしょうか……」

「へ？」

「僕は、彼を独り占めしたいんです。ひとりっ子で甘やかされて育ったお坊ちゃんだから、こんなひどい、自分勝手なことばかり考えるのかな……」

最後はぶつぶつと呟いたら、信と連が「ぐはあ」と嘆いた。

「分かった、分かったから。琥太郎があの男を心底から愛してんのは。俺たちにそれをのーのーと聞かせるのが残酷な行為だってのに気付いてくんない？」

「ひとりっ子で甘やかされて育ったお坊ちゃん、って信と連がよく言うじゃないですか」

「それは、あれだ、ちょっとからかって言ってるだけじゃん。マジに取んなよ」

「でもわがままっていうのは事実ですよね。独り占めしたいなんてこんなの、僕が宗佑を心底から愛し……え？」

初めて自分を主語にして耳にした言葉に、ぺちんと頬をぶたれた気がした。

「愛してる……？」

信が怪訝な顔をしている。連は顰《しか》めっ面《つら》で「あーあーあぁ〜、聞ーこーえーなーいー」と喚《わめ》いた。

「僕は……宗佑を、好きなんでしょうか。友だちなのに？」

「……最初友だちでも、好きにはなるだろ。つーかむしろ自然な流れだろ」

信が静かに言い切るのを、茫然と聞く。

宗佑も男だし、自分も男で、友だちだから恋や愛じゃないと思っていた。友情のつもりでいたのに、いつの間にこんなことになっていたんだろうか。最初から好印象で、友だちの好きと恋の境目がいつなのかはっきりしない。

でも冷静に思い返せば決定的だったのは、宗佑からデートすると聞かされてショックだったとき。いや、それより前、モトクロスのデモンストレーションを観た日、バイクで送ってもらったときから自分はおかしかった。

「……ていうか今更なんの質問だよ。三都井は恋人なんだろ。付き合ってんだろうが」

「え？」

「え？　ってなんだよ」

連が眉間に皺を寄せている。

「恋人？　宗佑が僕の恋人？　違います。友だちです」

「はあっ？」

ここでやっと互いの認識に齟齬《そご》があったのだと分かった。

「琥太郎がそう言ったんだぞ」

「言ってません。そんなはずないです。友だちとしてなら、付き合ってますけど……」

「え……俺と連の勘違い？　じゃあ付き合ってないのにやったの？」

「やった？　やった、ってなんですか」

「セックス」

信に言われている内容を理解するのに時間を要した。ひどく生々しい言葉に動揺して真っ赤になる。

「セッ……す、するわけないじゃないですか。ぼ、僕も、あっちだって男なのに」

「いや、男だとか関係ないし。もしかしてできないと思ってんの？　できるよ。あとでネットで調べてみろよ」

はなからできるわけないと思っていたけれど、男を相手に欲情はするのだと自分で知っている。宗佑のバイクで家まで送ってもらい、髪に唇で触れられたとき身体中がかっと火照って、おかしな気持ちになったのだ。

「じゃあ琥太郎の片想いだったのかよ。つまりやっぱあいつは相変わらずいろんなやつを誑《たぶら》かして、琥太郎にやきもちやかせてるってわけか？」

彼を独り占めしたいと、さっき琥太郎が言ったからだ。連がにわかに表情を険しくしている。

「そんな人じゃないです。誤解です。宗佑は頭もよくて物知りでかっこよくて……」

「お前なぁ……」

信も連も呆れ顔。それでも構わず琥太郎は続けた。

「宗佑はほんとに優しくて……みんなが思ってるような遊び人なんかじゃないです」

「…………」

「それを知ってるのはもう僕だけでいいなんて、ひどいですよね……。こんなひどいこと思ってても、これは愛なんですか？」

「好きなんだから仕方ないだろ」

きっぱりと言い放ったのは連だった。

「綺麗事だけで生きてないよ誰も。それを馬鹿正直に言わないだけで。でもその気持ちをぶつける方向やら相手やらを間違うやつはアホだけどな」

「言ってしまった僕は馬鹿で、どうしようもないですね」

すると信と連は顔を見合わせて笑った。

「初めて恋したんだ。そういうのを聞いてやるのが俺や連みたいな友だちなんだろ」

「学べ、恋愛初心者」

そうなんだ、と納得したらなんだかほっとして、久しぶりに心から笑えた。

「僕、恋してたんですね」

恋しているからひどいことを考えてしまうのは仕方ないんだと思えるのと、黒い自分を責め続けるのでは気分がだいぶ違う。それに宗佑は女性の恋人が欲しくてがんばっているのだし、これは叶《かな》わない想いだと割り切るしかないのだ。

気付いたところで最初から失恋していたのと同じ。諦めるとか、自棄《やけ》やうしろ向きなわけじゃない。好きでいるのはとめようがなく、それが相手と自分に重くのしかからなければいいなと願うだけだ。

「信と連は、宗佑のことを認めてくれないのかと思ってました」

「アホか。信も俺も認めてねーよ」

「外野がガタガタ言ったってどうしようもないってだけで」

即刻否定された。思わず苦笑いだ。

「ぼけっとしてんなーこいつって最初会ったときから思ってたけど、こんなだから目ぇ離せなくて、いちいち守ってやんなきゃってなるんだぞ。まぁ、琥太郎がそのまんまじゃなきゃ逆に調子狂うし、『あーもうこの子手がかかるぅ』ってかわいがりたいわけよ」

「世話焼きたいんだよ俺らは。変なやつに引っかかって傷ついたら、琥太郎なんてすぐ死んじゃいそうじゃん」

「ひどいです。死なないですよ」

このときは想いを抱えたままでも宗佑と友だち付き合いが続けられたらいいなと考えて、信と連に笑って返した。

恋をしたことがなくて、相手に想いが届かない、届けられない苦しさがどんなものなのかを知らなかったのだ。


——恋、というのは、ずいぶん気分が上がったり下がったりするものなんだな。

信と連にいつもの乱暴な口調で励まされて、僕はこの想いを抱えたままでいよう、とそのうまでは思っていた。

『件名　会ってきたよ
12/06　09:05
琥太郎にも話した子ときのう会ってきた。横浜の大学一年生で、話しやすくてかんじのいい子でした。横浜で会ったんだけど、地元の子には敵わないもんだな。もうしょっぱなから俺がリードするのは諦めて、八景島《はっけいじま》シーパラダイスに連れていってもらったよ。』
どくどくといやなかんじで耳に自分の心音が響く。
添付された写真に相手の子が写ってたらどうしよう、と震える指でタップしたら、かわいいエイの顔とそれを顔真似する宗佑だった。

表情が歪んだまま変な笑い声がこぼれる。

写真がおもしろかったんじゃない。

女の子に撮ってもらったんだろうな、と分かる写真だったこと。せっかくの初デートなのに、それまでのリハーサルを無にするような、女の子にお任せコースだったこと。

なんでこんな報告されてるんだろう？　——そう思ったら笑えたし、切なかった。

リードは諦めたと書いてあるけれど、彼女に対して好印象な様子だし、もしかすると宗佑はデートの間とてもリラックスしてたんじゃないだろうか。かっこつけたり変な無理をしなくてもいい関係なんて、むしろ理想的なのではないか。

「水族館……僕は行けてない」

初めてふたりで行った水族館は休館中だったから。

彼女とのツーショット写真でなかっただけマシかもしれない。

でも充分すぎるダメージだった。

＊＊＊＊＊＊＊

琥太郎《こたろう》から返事が来ないなんてどうしたんだろう、と思っていたら、大学内で姿を見ないまま月曜に受ける最後の講義が終わった。本多《ほんだ》兄弟に訊けば分かるはずだけど、「え、知らないんだ?」と馬鹿にされるのが目に見えて二の足を踏んでいる。

きのうキッズモトクロスの教室へ行ったらまた「琥太郎ちゃんはいつ来る?」とママたちに確認されたので、その日のうちにそれを伝えるメールを送った。こんなお弁当食べてます、青空、練習中に派手に破れたジャージの尻部分の写真にも、ひとつだってメールは返ってこなかった。

『件名　今日、休み?
どうした?　なんかあった?　風邪?』

風邪だったら風邪ひいたと、メールの返信が一件くらい来そうなもの。

もしかして返信すらできないくらいの高熱かもしれない。

スマホを何度も確認しているけれど、いつまで経っても返信はなし。

何か不測の事態に陥って……などと考えてしまう。でも家族と暮らしていて、家政婦さんもいる。もし倒れても必ず誰かが助けてくれる環境だ。

——どこか道ばたで倒れてたら?

平坦な道でも躓くくらいぼんやりしているので、人が誰も通らないような場所で事故に巻き込まれたりしていないだろうか。両親は心配症だと言っていたし、それだって放っておかれることはないはず。

ありえないのに、万が一、とひどく心配になってくる。

『件名　心配です

傍に誰かいてくれるんだよな？　ひとりじゃないよな？』

ランチは一緒にできなかったけれど、金曜日までは普通だったはず。なんだか忙しそうにしていたから直接声をかけなかったのだ。つまり土曜、日曜、今日と、琥太郎の存在が消えている。

「宗佑《そうすけ》ー？」

講義が終わり、学生たちが教室を出ていく中、カケルに呼ばれても宗佑は前方を見ていた。椅子から立ち上がる姿を見つけて、「本多！」と声を張る。信《しん》と連《れん》が振り向いた。

こっちから話しかけるのはいやだ、なんて言ってられない。カケルには「先に行ってて」と告げて本多兄弟に駆け寄る。

「琥太郎、風邪でもひいてんの？」

宗佑の問いに信と連は顔を見合わせて、そっけなく「連絡ない」と返された。

自分だけ無視されてたら……琥太郎に限ってそれはないと思いつつもこんなことは初めてで、そう考えずにいられなかった。

「そっちにもないの……」

ほっとしたような気もするが、ますます心配になる。

そのときメールの受信音が鳴り、宗佑は慌ててスマホを操作した。

「……琥太郎からだ！」

『件名　RE：今日、休み？

12/07　16:32
風邪ひきました。寝ています。返信できなくてごめんなさい。』

熱があるとか詳しい状況は何も書かれていないけれど、ひとまず返信があったのと、自宅にいるのだろうと窺わせる内容に心底ほっとする。

「琥太郎、風邪ひいてるって。ごめん、呼びとめて」

信と連に詫びて立ち去ろうとしたら、連に「おい」ととめられた。

「……お前、琥太郎のことどう思ってんの」

厳しい顔つきの連を、信が「やめとけ」と窘めている。

「……どうって……」

質問の意図が分からなくて問い返すと、連は苛立った顔をした。

「琥太郎を大事な、……友だちだって思ってんのか」

なぜわざわざ今それを訊かれるのか分からないまま「当たり前だろ」と答えると、連はぷいと踵《きびす》を返し、信がそれを追って教室から出ていった。

釈然としない。しかし今更の問いかけに、宗佑は足首を摑まれ、捕らわれた。

土曜日、父の友人である小山内の娘、あかりと横浜でデートした。会う前にいろいろとメールのやり取りもした。

でもデートの間中、宗佑の頭の中にあったのは琥太郎のこと。

琥太郎とはまだ横浜へ行っていない。だから何を見ても食べても琥太郎ならどんなおもしろい反応をするのかな、なんて言うだろうと、いちばん最初に考えてしまったのだ。

水族館を訪れたときは巨大な水槽の中を遊泳するエイを見て、我慢できずに琥太郎へ送るための写メを撮ってしまった。しかもあかりにスマホを渡して、「エイと俺がちゃんと入るように撮って」と頼んでまで。拘《こだわ》って撮ったせいで「誰に見せるの？」と訊かれてしまい、「大学の友だち」と答えた。

そこから琥太郎の話題になった。リビダニアという国からの帰国子女で、丸いものに神様が宿っていると信じている、などいろいろ。

デート中に、大学の友だちの話ばかりする男。ありがちだけど、知らない人の話を延々聞かされる女の子のほうからしたら、恋が盛り上がる話題ではない。「じゃあもうその人と来ればよかったんじゃない？」と思われても仕方ないほどだった。

モトクロスをやっていた過去をあかりは知っているから、今はキッズスクールで子供たちに教えている件と、十一月末にその大会があって琥太郎も見学に来たことを話した。

キッズスクールの保護者に囲まれておにぎりと豚汁を食べた琥太郎は、五十代半ばを過ぎたスクールのオーナーの「うちも後継者不足で」という台詞に反応してこう言った。

「僕の父もいわゆるだんこんの世代です」

ママたちは「だんこん？」と首を傾げ、パパたちは「だんこん」と苦笑いし、ちっちゃな子供は「大根？」と問いかけて、年頃の中学生は「だ……」と絶句した。

「いや……琥太郎、それだんこんじゃなくて、だんかい。団塊の世代。男根ってちんこのことだから」

爆笑の嵐だった。シモネタは手っ取り早くコミュニケーションを円滑にするものだ。

そこからなぜ日本語が不自由なのかの話になり、琥太郎のプロフィールを宗佑がみんなに紹介した。「食べる前になんかお祈りしてる……」と琥太郎の行動を訝しんでいたママたちもやっと合点したらしく、そこからはみんなに囲まれてリビダニア質問大会だった。おかげで今や「琥太郎ちゃんを連れておいでよ」とリクエストされる事態になっている。

デートの間、そんなふうに琥太郎の話ばかりしていたのも問題だけど、もっと反省すべきはまた別にある。

本来ならデートの相手に好かれようとするはずだし、そう努力をすべきだ。ところがこれまでの恋愛失敗談ばかりして、自分の駄目アピールをするのに余念がなかったなんて。

呆れられてもいいくらいだったのに、「メール連打や束縛って、好きな人からだったらわたしは嬉しいけどな」とあかりに明るくフォローされてしまった。

これまでの経験上、最初はそう言ってくれる女の子もいたけれどじつは違っていたパターンでうまくいかなかったので、あかりもそういうタイプなのかもしれないし——というかふられる恐れより、なんで今の説明で気に入られるのかと宗佑は焦った。

今冷静に振り返ったら分かる。あかりに自分を好きになってほしいとは、最初から微塵《みじん》も望んでいなかったのだ。

あかりとのデートが終わって言われたのは、「宗佑くんのことより、琥太郎くんに詳しくなっちゃった」だ。当然だろう。

しかし、あかりはそれで不機嫌になったりするような女の子じゃなかった。

「わたしも琥太郎くんに会ってみたいな。三人で一緒に遊んだら楽しそう」

琥太郎を好意的に受けとめてくれて嬉しい。でも会わせて、彼女が琥太郎を好きになったら困ると思い、すぐに頷けなかった。

無言の宗佑にあかりは目を瞬かせながら、何かを察したかもしれない。

あかりを琥太郎に取られたくないという、むしろ真っ当な心情があっての無反応ではないと宗佑は同時に気付いて、そして驚いた。

琥太郎を、あかりに取られたくなかったのだ。

キッズスクールの人たちに会わせるのは構わないのに、あかりには会わせたくない。琥太郎がみんなにかわいがられるのは嬉しいのに、そこに恋愛感情が伴ったり、ましてや欲情なんてされたくない。

この気持ちはなんだろう。いつからこんなふうに思うようになったんだろう——その裏側にあるものを認めるのは怖い。あかりにふられるのはぜんぜん怖くないのに。

自分より何倍も精神が成熟した年下の彼女は、宗佑のふがいなさをまったく気にしておらず「また遊ぼうね。今度は遊園地とか行こうよ」と誘ってくれたのに、笑い返す余裕はなくて「うん」と惰性で頷きながら打ちのめされていたのだった。

琥太郎を大事な、……友だちだって思ってんのか——本多兄弟の問いが頭の中で何度も去来する。

誰もいなくなった教室で、宗佑は茫然と立ち尽くしていた。


風邪をひいた琥太郎を気遣って月曜はメールを送るのは控えた。

火曜日も琥太郎は休みで、気になって仕方なく『だいじょうぶ?』と短いメールを送った。琥太郎からわりとすぐに返信があり『熱は下がりました。明日は出席します』と書かれていたので少し安心したのに。

同じ講義を取った教室でも座席位置は離ればなれで、それでもいつもなら琥太郎は本多兄弟に挟まれたままでも宗佑の姿を捜すそぶりできょろきょろする。そうして宗佑と目が合うと嬉しそうに手を振ってくるのがかわいいと思っていた。

それが今日、琥太郎は本多兄弟と話してばかりで、一度も目が合わなかったのだ。

『件名　元気そうで安心した☺
風邪治ったみたいでよかった☻　学食でランチ食べる？　琥太郎と話したい。』

授業が始まる寸前に送ったメールに琥太郎から来た返事は……。

『件名　RE：元気そうで安心した☺
12/9　10:35
ご心配をおかけしましたがだいじょうぶです。ランチは信と連と外に出る約束なので、すみません。お話ってなんですか？』

なんとなく、ぴんっと、トラロープを張られている気がした。ちゃんと答えてくれているのに、安全な距離を取られているかんじがする。

『件名　RE：RE：元気そうで安心した☺
急ぎってわけじゃないけど。ずっと話せてないし。今日バイト休みなんだ。何限までいる?』

琥太郎の顔を見て話がしたい。声が聞きたいのだ。

ちょうど教授が教室に入ってきたせいか、返信が届いたのはランチタイムだった。

『件名　RE：RE：RE：

12/9　12:15
遅くなってすみません。ランチがすんだら、レポートを出してから帰るつもりです。まだちょっと身体がだるくて。帰る前なら少し話せます。』

無理なのかなと思っていたから、会えると分かって「よかった……」と呟いた。

それを聞いていたカケルが「何が?」と問いかけてくる。

「琥太郎、今日やっぱ元気ないかんじだったから」

「それはお前だろ。ランチに琥太郎ちゃんがいないの、久しぶりだしな」

ずばり指摘されて思わず黙る。琥太郎の様子が気になって、心ここにあらずだったのだ。

履修科目によっては午後から来ることもあるし、毎日一緒に過ごすわけじゃないけれど。

「ケンカでもした?」

「ケンカ?　いや、してないよ」

「それか、うっかり傷つけた、とかな」

思い当たるような節はないものの、あかりとのデートの予定を報告したときも琥太郎の態度が変だった。驚いた顔をして、受け答えの様子がちょっと不機嫌にも見えた。

彼女ができたら僕とはもう遊んでくれないんでしょうね、と琥太郎がむくれたらいいのに。そしたら嬉しくて、抱きしめてしまうかもしれない。

そんなおめでたい妄想をして、やっと琥太郎に会えるという喜びでいっぱいの宗佑は、そのあとに待っている展開に倒れるほどの衝撃を受けることになるとは思ってもみなかった。

琥太郎からの開口一番の言葉は「デート、うまくいったみたいですね」だった。

「うまく？　いや、どうかな。メール攻撃も束縛も平気だとか言ってたけど、俺はもうそういうのに騙されないから」

節電の影響で掲示板前が薄暗いとはいえ、病み上がりの琥太郎は少し顔色が悪い。ぐっと気温が下がって寒いから、琥太郎が手に持ったままだったマフラーを取って、その首に巻いてやった。

琥太郎の眸が熱っぽく揺れている。

「……ありがとう、ございます」

「風邪、ちゃんと治ったら、どっか行こうな」

「え？」

「え、じゃなくて。今度の土曜日とか。クリスマス近いし、プレゼント見に行こうよ」

琥太郎は怪訝な表情だ。

「……何を言ってるんですか。そういうのは、彼女を誘うべきでしょう？」

遠慮しているのだろうか。大学とバイト以外の時間は、彼女に充《あ》てるべきだと。

「『彼女』じゃないよ」

「デートの写真も楽しそうでしたし……彼女になるかもしれない人でしょう？　今大事にしなくて、いつがんばるつもりですか」

言われてみればそのとおりだ。普通に考えて、好意的な反応を見せてくれた彼女を手に入れるべく今こそ奮闘すべきで、何より恋人たちの一大イベント直前だ。クリスマスに独りぼっちとか、あぶれた男友だちで集まって「来年こそは彼女と過ごすから！」と負け惜しみの抱負を語ってチキンとケーキを囲むようなこともない。

「僕といろいろシミュレーションしましたし、横浜じゃなくて都内なら、宗佑がリードできる場面がありますよ。無理しないで、宗佑のそのままで、きっとうまくいきます。これからは、お休みのときは彼女をデートに誘ってあげてください」

想像と違った言葉が返ってきて、衝撃のあまり唖然とする。

琥太郎と週末の約束をしようと思っていたのに、まさか琥太郎とのデートはもう終わりなのだろうか。

「僕は……キッズモトクロスの大会とか、そういうときにお誘いいただければ」

「そんなの年に五、六回しかないよ」

　宗佑の返しに琥太郎が困った顔をしている。僕と会うのはそれくらいの回数でいいでしょ、と思っているのだろうか。

「あ、でもモトクロス大会こそ、宗佑が彼女を連れていけば一発で恋に落ちますよ。もしそのとき宗佑のデモンストレーションがなくても、子供たちやパパやママに慕われてる宗佑を見たら、好感度もうなぎ上りです。僕を誘わなくたって」

「え、なんで？　俺なんかした？」

「……何も」

　琥太郎は首を横に振っている。

「やっと、ずっと望んでいた彼女ができるかもしれないのに、僕と……男友だちと遊んでる場合じゃないですよね。それだけです」

　それだけです――同時に後頭部をドカンと木槌《きづち》か何かで殴られたかと思った。

　琥太郎の言葉に一言一句間違いはない。しかし反芻すれば『男友だち』と念を押されたことに、胸の辺りをぐりぐりと抉られる。

　うぬぼれじゃなくてあかりは最初から好意的だ。琥太郎ではなく彼女をもう一度デートに誘えば、十中八九うまくいくのだろう。それが分かっているのに、いや、分かっているから、誘いたくないのだ。自分の気持ちに嘘をついてまで、彼女が欲しいわけじゃない。

考えあぐねている間に、宗佑のスマホのメール受信音が鳴った。タップしてみるとあかりからで『都内に出てきてるんですけど、今から少し会えませんか?』と書いてある。

今それどころじゃない、という苛立ちにも似た感情すら覚えた。

「彼女ですか?」

「……横浜から、こっちに来てるって」

琥太郎がどんな反応をするか、まだ期待する自分がいる。

「それは……早く行ってあげてください。寒いですし、待たせちゃかわいそうです」

にこりと微笑む琥太郎に驚きと衝撃のあまり何も言い返せない。

僕は帰りますね、と琥太郎が傍をすり抜ける。なんだか悪い夢でも見ているみたいだ。

「こっ、琥太郎、」

咄嗟に伸ばした指先が琥太郎に触れたほんの一瞬に、それをさっと躱《かわ》された。

「病院に間に合わなくなるので急ぎますね。宗佑も早く。彼女が待ってます」

摑みそこねたら遮るようにそう告げられ、ぐっと言葉を呑み込んだ。

琥太郎はこちらを振り返ることなく足早に去っていく。

——俺は今、琥太郎を呼びとめて何を言おうとした……?

「……っ……」

彼女と会う気なんかない。琥太郎と一緒にいたい。

自分の中にどっと噴き出した感情に驚いた。

そんなひどいことを言えば、「女の子を待たせてるのに最低です」と琥太郎に嫌われそうだ。

頭が真っ白のまま、宗佑はしばらくその場に立ち尽くしていた。


「とりあえず付き合ってみりゃよかったのに」

「なんで付き合わなかったの？　もうすぐクリスマスだっていうのにさぁ」

カケルと桃花《ももか》の疑問はもっともだ。好みとかけ離れているのではなく、あかりは文句のつけどころがない女の子で、最初のデートは成功だったと報告して差《さ》し支《つか》えないものだった。

先々週、横浜から出てきたあかりには付き合えないと告げた。明らかに気持ちがないのを自覚しながら、半端な真似はしちゃいけないと思ったのだ。その件をふたりに報告していなかったから、どうなってるの、と今になって追究されている。

「……いい子だし、いやなんじゃなくて、でも好きってわけでもないから」

「何回か会ってるうちに、好きになるかもしれないだろ。今まではそうしてきたじゃん」

彼女より琥太郎のことが気になってる――なんてまさかふたりにも言えない。可能性云々じゃなくて、最初からあかりを恋愛の対象として見ていなかったのだ。

「好きになるかも、じゃなくて、ちゃんと好きになった人と付き合いたいんだ」

振り返れば、追い求めていた理想を琥太郎がすべて叶えてくれた。琥太郎といるより楽しく、琥太郎より会いたい……そんな人はいないと確認するだけの毎日を過ごしている。

琥太郎はランチタイムに食堂へ来なくなった。あれからすでに二週間近く経ち、メールにときどき返事があってもそっけなく、それだって半日後とか翌日だ。気のせいでも体調不良でもなく、明らかに避けられている。

本多兄弟とは楽しそうに笑顔で話しているのを遠目に何度か目撃した。胸にざくざくとナイフをぶち込まれたように痛んで、どうして前みたいにこっちに来てくれないのかと悲しくなり、心はあちこち何度も折れた。

「あーあー、もう！」

カケルの声にはっと顔を上げる。

「宗佑にとって理想の人そのもの、琥太郎ちゃんのことが好きだからその子とは付き合えなかったんだって、言え、はっきりと。一回ふられたくらいで引いちゃってさ。琥太郎ちゃん、いっつも泣きそうな顔しててんじゃん。気付けよ」

「一回ふられたって……」

「先々週、琥太郎ちゃんが風邪で休んで、出てきた日だったっけ。ごめんね、あたし全部聞いちゃったんだよね、一階の掲示板の辺りでふたりが話してるの」

桃花がもう一度「カケルくんにも話しちゃった。ごめん」と手を合わせた。

「宗佑くんは琥太郎ちゃんが『また僕とデートしてください』って言ってくれるの期待してたのかもだけど、そんなわがまま言えるわけないよ」

「でも、琥太郎は男友だちと遊んでる場合じゃないですよねって……」

「琥太郎ちゃんにしても不自然じゃん？　ほんとにただの友だちなら避ける必要ないもの」

琥太郎から距離を取られている事実を前にして、好都合解釈しろというのだろうか。

「いいのかよ、本多兄弟に取られても。ナイト気取りで護衛してるあいつらがそのうち化けて、ふたりがかりで琥太郎ちゃんにいろいろしちゃうかもよ」

カケルの問いかけにぎょっと目を剝いた。

「……いろいろっ？」

「今、お前どんなこと思い浮かべたよ？」

そんなの、いかがわしいことに決まっている。

「エロいの想像したろ。それ、ほんとはお前が琥太郎ちゃんにしたいことだよ。違うか？」

「違うし！」

「違うもんかよ。たいして変わんねぇよ。独り占めして舐《な》めてしゃぶってかわいがりたいってだけだろうが」

「どんだけエロい言い方すん……」

息が上がる。たしかに、ひどい方法で琥太郎をどうこうするふたりを頭に浮かべたから、違うと否定したのだ。

「じゃあ質問変える。琥太郎ちゃんがあいつらにさせて、自分ができないのはどうだ？　めちゃくちゃムカつかない？」

「それ以上ひどいこと言うな」

胃酸が逆流しそうなほど無性に腹が立った。言葉で琥太郎を穢されるのすら許せない。

「そう？　俺だったらもし琥太郎ちゃんがあのふたりに許してそういうことしてるんなら、お好きにどうぞって思うけどな。性的嗜好《しこう》なんて人の勝手だし」

「………」

ついに返す言葉も出なくなった。

琥太郎にあからさまに避けられ傷つきながら、それでもこれは友だちに対する独占欲が少し過剰なだけだと思おうとしていた。

でもこんなふうにきつく指摘されて、今やっと分かった。

テーブルの上のスマホを見下ろす。琥太郎は応えてくれないかもしれない。でももうこの想いを黙ってなどいられないのだ。

＊＊＊＊＊＊＊

リビダバビダの神様、懺悔《ざんげ》します――……。

半輪の月に向かって目を閉じる。月は満ち欠けするけれど、丸い衛星だ。夜、リビダバビダの神に祈りを捧げるとき、信者はみな月を見上げる。

リビダニアにいた頃より自分がとても悪い人間になってしまった気がして、琥太郎はこの頃は懺悔してばかり。

いちばんやってはいけないこともした。あの日の悪行を思い出すだけで床に正座した太《ふと》腿《もも》を掻《か》き毟《むし》りたくなる。

――そもそも駄目なのは、好きになってはいけない人に恋をしたこと。

リビダニアに同性婚の制度はない。男は女を愛するもの。そして子を授かり、共に大切にその命を守る。そうするのが当前だと教わって育ち、琥太郎は生きてきた。祖父と祖母、そして父と母が何よりのお手本だ。

清く正しくあらねばならないのに、本来歩むべき人の道を逸れた想いを抱き、醜い感情を内側に宿してしまった。

琥太郎はあの日、風邪で体調が芳《かんば》しくないから帰りますと言っておいて、宗佑のあとをこっそりついていったのだ。やってはいけないと分かっていたけれど、どうしても、彼女を見てみたかった。どんなふうに宗佑が笑いかけるのか、彼女に接するのか、見たくないのに知りたい誘惑に負けたのだ。

少しだけ、バレないように遠くから様子を窺ったら帰ろう。

どうせ叶わない恋。早めに自分の想いに自分で手を下したらすっきりと諦められて、普通の友人に戻れるんじゃないか――そんな馬鹿なことを考えた。

宗佑は横浜から出てきた彼女と、渋谷駅で待ち合わせていた。

人でごった返す駅構内を歩き、宗佑が柱のところに立つ女の子に声をかけた。

ぱっと笑顔になる彼女の表情を、今でも鮮明に思い出せる。会えて嬉しいと気持ちを弾けさせ、恋をしている眸で宗佑を見上げていた。

そこで二言三言、会話を交わし、宗佑が左のほうを指さした。

目に録画機能でも備えているのかというほど、琥太郎の記憶に刻まれた宗佑の横顔は、女の子を優しくリードする男の子そのものだった。琥太郎が知らない宗佑がそこにいた。

今まで何度もデートして、宗佑の部屋にお泊まりして一緒のベッドで眠ったりしたのに、その間に見たことのない精悍《せいかん》な顔つき。

そして、決して自分自身を納得させるためにここへ来たんじゃないと気がついた。だってすっきりと諦められるどころか、こんなに死にそうなほどショックを受けている。

涙がとまらない。彼女をデートに誘ってあげてください、なんて本心じゃなかった。でもそれを告げたとき宗佑は困惑して見えたし、もしかしたら宗佑も自分といるほうが楽しいのかも――そう確信できる何かが欲しかったからこんな不徳義な真似をしたのかもしれないと思うと、ますます涙はとまらなかった。

最低で最悪だった。その夜、冷たい寒風に頬をぶたれながら、月に向かって琥太郎はひたすら懺悔したのだ。口に出さなければいいと信と連は言ったけれど、胸の中にあるどす黒いものを、神様はすべてご存じに違いないから。

しかしリビダバビダの神はきっととてもお怒りになられたのだろう。夜中にまたひどい高熱を出して、父と母と、民子《たみこ》さんにも凄く心配をかけた。このままじゃいけないと反省して、平穏に過ごせるようにと今日もこうして祈りを捧げている。

――リビダバビダの神様、お許しください。宗佑と出会う前の僕に戻してください。

叶うはずはない。でも、もうそう祈るしかなかった。

今週はクリスマス、週末から冬休みということもあり、大学内もなんとなく賑《にぎ》やかだ。食堂や教室など人が集まるところにいれば浮かれ調子の笑い声が聞こえたりして、琥太郎も周りの様子に視線を巡らせ、雰囲気に呑まれたように口元に笑みを浮かべた。

「よかったな」

大教室の長椅子の右側に座っている連がいきなりそう言った。

「何がですか？」

「あの男ときっぱり離れられて。表層火傷《やけど》みたいなもんだったんだよ、琥太郎の恋はさ。案外すぐに癒えるよ」

「琥太郎とあいつじゃ釣り合わない。連の言うとおり、これでよかったんだよ」

信が連に同意している横で、琥太郎は微笑んで「はい」と頷いた。

よかったのだろうか。本当にそう納得しているんだろうか。

「そうですよね……釣り合わないですよね。宗佑は凄くモテるし、かっこいいし、本当に素敵な人です」

「いや、釣り合わないっていうのはそうじゃなくて、あいつに琥太郎はもったいないって意味で」

「僕じゃ、敵わないんだっ……」

異変に気付いて両側から顔を覗き込んでくるふたりが、ぎょっと瞠目している。

「わ、わ、琥太郎っ……」

「あれから毎日懺悔してるのにっ……ぜんぜんなくなりませんっ」

「なくならない？　何が」

「好きがっ……なくなりません」

だばだばと涙がとまらない。あの日、渋谷駅での一件以降は泣くことはなかったのに。知らない間にこれまでもずっと目の奥のほうに溜まっていたのが突然決壊したように溢れてくる。

「泣くほど好きとかどんだけ……」

連も信も、そんなに好きだったのか、と絶句している。

「すみません。驚かせてしまって」

ハンカチで涙を拭い、水を飲んで、ふうとため息をついたら少し落ち着いた気がする。

情けなくて顔を上げられず俯《うつむ》いていたら、連に肩を叩かれた。

「懺悔って、何に何を懺悔してんだよ。もっと他にすることあるだろ。あいつに自分の気持ちを言ってないから駄目なんじゃない？　こういうのは当たって砕けろっていうんだ」

「砕け……」

「自分のためにな。気持ち伝えてすっきりするんだよ。あー叶わない恋だったなぁ～、はい終わり、次行こう、みたいな区切りをつける。琥太郎の想いをこれだけ弄んだんだ。あいつはそれをちゃんと見届けて、胸の端っこくらい痛ませとけってんだ」

「……言うなんて考えたこともな……」

「そんだけ想ってて、ただ燻ってててもしょうがないだろ。見てるこっちまで胸苦しくなる。ひっそり想ってるだけってのは、相手が二次元のキャラクターか会いに行けないアイドルだけにしとけ」

信の励ましに、ちょっと笑ってしまった。たしかに、伝えられる場所にいるのに、それをしないで泣くくらいなら、すっきり終了したほうが健康的で建設的だ。

「……そうですね。そうですよね！」

急になんだか元気が湧いてきた。世間はクリスマスだ、冬休みだ、年末だとハッピームードに浮かれているのに、一年でいちばん賑やかなこの時季に自分は何をやっているのだろうか。

「もったいないハタチのクリスマスを過ごすところでした」

「おう。きっぱりふられて俺と信とでクリスマスパーチーしようぜ。年末もどっか行くか」

あの日、宗佑の手を躱し、メールにすらろくに返事をしなくなってもう二週間近く経っている。宗佑は、今頃何、と思うかもしれないけれど、聞いてくれない人じゃない。

「ちょっと作戦を立てたいので、今日はこれで帰ります」

急に立ち上がって荷物を摑むと、信と連が「おう、がんばれ～」と笑顔で手を振った。


どこで告白しようかと考えて、思いつくのはあの場所しかなかった。

大急ぎで必要なものを準備し帰宅して、宗佑へ確実に届けるため使ったのがバイク便。発送できたのは夕方だった。

どうせ告白するのなら、湿っぽくするより楽しいほうがいい。明るく気持ちを伝えて、笑ってばいばいして、大学で顔を合わせても気まずくないように。それは自分のためでもあるが、宗佑に変な気を使わせなくてすむように、だ。

我ながら楽しい計画だと思う。

口の中でレモンキャンディーを転がして大きく深呼吸。そしてスマホのメール作成画面をタップする。

三都井宗佑の名前を見つけただけで、そこにキラキラと星が瞬く。胸がきゅんとする。

こんな気持ちを初めて自分に教えてくれた人。きっと一生忘れない。

メールの件名は決まっている。

琥太郎は宗佑とのいちばん最初を思い出していた。

＊＊＊＊＊＊

『件名　僕の最後の言葉を聞いてください。』

どこかで見たような既視感に、宗佑《そうすけ》ははっとした。

初めて琥太郎《こたろう》から間違いメールが届いたときの件名と同じ。ただ、『RE』がついていないけれど。

「……最後……？」

久しぶりの琥太郎からのメールだ。それに気付いた瞬間は身体中の血がわっと沸いたように興奮したものの、不穏なタイトルからしてどんな内容が書かれているのかと思うと、なかなかメールアイコンをタップできない。

今日学食でカケルに「琥太郎ちゃんが好きだって言え」ときつく突っ込まれた。五時限まで履修して帰宅の道すがら、琥太郎にメールしようか、それともいっそ電話しようかとスマホの画面を睨んでいたとき件のメールを受信したのだ。

以心伝心めいているのは嬉しいが、どうにも怖い。意を決してメールを開く。

『件名　僕の最後の言葉を聞いてください。

12/22　17:51

彼女には内緒で、一回だけ会っていただけますか？

十九時にご自宅にバイク便で荷物が届きます。受け取ってください。』

――彼女に内緒？　バイク便？　荷物？

訳が分からない。そもそも彼女って誰だ。

「……あかりさんのことか」

誤解するのも無理はないけれど、彼女になったことは一度もないし、これからもない。しかし今はあれこれ考えるより急がなければ、バイク便が来てしまう。

目黒駅に降りてから、自宅マンションまでそこそこある距離を猛ダッシュした。

わざわざ配達にしなくても直接大学で手渡せばいいものを。それをしたくない、ということなんだろうか。今日受け取ってほしいからバイク便にしたのだろうか。

マンションの前にバイク便らしきものが停まっていて、配達員がちょうどエントランスから出てくるのが見えた。バイクに跨がり、今にも走りだしてしまいそうだ。

「あ、わっ、待って、お兄さん、待って！　荷物、それ俺のっ！」

玄関前じゃないので身分証明の提示を求められ、ようやく荷物を受け取る。間違いなく藤澤《ふじさわ》琥太郎からだ。

全力疾走の疲労感を覚えつつ自分の部屋に入り、テーブルに置いた荷物を見下ろした。Ａ４サイズの紙袋で五センチくらいの膨らみがある。まったく中身が予想できない。

べりりと袋を開けると、中から今度はＡ４サイズぎりぎりの大きさの白い箱が出てきた。とくにブランドの包み紙が巻かれているわけでもなく、ロゴのひとつもない。

「……こえーな……なんだよ」

恐る恐る上蓋を両手で持ち上げた……途端に、どばばばばばっ！　と箱の外に何かが飛び出してきて、びくうっと肩が跳ねる。

「…………」

カラフルな星のガーランド、メタリックカラーのキラキラ光るテープ、ペーパークラフトの雪の結晶、ベル、ハト、木馬、天使……箱から飛び出した色とりどりの仕掛けが、ものの見事にテーブルの上や足元にまで散らばっている。

何が起こったのか分かった次の瞬間、出会ったばかりの頃に二人で作ったびっくり箱のことが蘇った。

「どうして……」

呟いたその時、底に封筒が入っているのを見つけた。

＊＊＊＊＊＊＊

紺碧のインクを溶かしたような色の巨大水槽を、八十種を超える魚たちがのんびりと泳いでいる。三メートルはあろうかというマンタが頭ビレをゆらゆらと大きく揺らし、その奥にはイワシが群れ、すぐ傍をウミガメが横切った。

水槽の前で腰を下ろし、人工の海を見上げる。水面にぷくぷくと気泡が広がって建物の天井が見えないから、まるで自分が海底から海の景色を眺めている気分。

宗佑と初めてのデートで訪れたとき工事中だった水族館は、繁忙期の冬休み目前の先週、リニューアルオープンしたばかりだ。

琥太郎の目の前を、おなかにコバンザメをくっつけたエイが上がっていく。にへっと笑ったようなエイの顔のアップに、思わず笑みがこぼれて「かわいい」と呟いた。

『当館は二十時に閉館いたします』との館内放送が流れ始め、琥太郎はスマホで時間を確認した。

十九時半。宗佑は火曜日五時限の科目を履修していて、今もバイトを入れていないはず。びっくり箱の底に仕込んだ水族館のチケットを、指定した時間通り受け取ってくれたとしても、着くのは閉館ぎりぎりかもしれない。

不安と緊張を和らげようと、鞄の中から出したレモンキャンディーを口に含んだ。

ほとんど動かないまだら模様の巨大魚がじっと琥太郎を見ている気がする。「なんて名前の魚だろ……」とすぐ横にある巨大水槽の案内板と見比べていたら、背後から慌ただしい足音が響き、琥太郎ははっと振り返った。

巨大水槽コーナーの入り口に、険しい形相の宗佑が飛び込んできた。肩を大きく上下させてものすごく大慌てで走ってきたのがひと目で分かり、琥太郎は立ち上がるのすら忘れてただじっと宗佑を見つめてしまう。

彼は息を整える間もなく傍まで来ると、無言で琥太郎の横にしゃがみ込んだ。

好きな人の存在が近くて、傍にいるというだけで身体がじわっと熱くなる。今からきっちりふられるというのに、どきどきと嬉しいのがいっぺんにきて、琥太郎は俯いて拳をぎゅっと結んだ。

「……最後ってどういう意味？」

呼吸が落ち着いてきた頃、宗佑が口火を切った。

「それに、なんであのメール『彼女には内緒で』なんだよ」

彼女には内緒で、一回だけ会っていただけますか？　――たしかにそう書いた。

ただの友だちなら、内緒にする必要はない。

「……僕があの彼女に対して、疚しさを感じるからです」

「だから、なんで？」

顔を上げたら、正面から眉間を狭《せば》めたままの宗佑と視線が絡まる。

自分の想いを伝えるのはこれが最後に違いない。好きなのに、諦めるしかない告白が切なくて少しだけ涙が滲むけれど、目を逸らさずに言いたい。

「宗佑のことが、好きだからです……！」

「俺も琥太郎が好きだよ」

すみません、と頭を下げて小さく謝るのに被せて告げられ、あっと思ったときには宗佑の腕にしっかりとくるまれていた。ぎゅうっと胸が押し潰されそうなくらいに抱きしめられて、信じられない心地で瞬く。

「……え？　好き？」

「琥太郎と出会ってからずっと、俺に彼女はいない。それに、俺が欲しかったのは彼女じゃなくて、好きな人。今目の前に、ここにいる」

ぎゅっと抱きしめられた耳元で「琥太郎が好きなんだ」と切なげな声が届いた。

好きな人に好きだと言われて抱擁される、そんな奇跡みたいなことが起こっている。

耳元でううっと苦しげなうめき声がして、琥太郎はそっと宗佑の背に手を回した。するといっそう強く抱きしめられて、甘い痛みに胸が絞られる。

「誰にも盗《と》られたくないんだ。琥太郎が本多《ほんだ》たちと笑って喋ってんの見るのもつらくて、なのにいつも琥太郎のこと捜しちゃうから……自分で自分を痛めつけるみたいだった」

まさか好きな人をこんなに苦しめていたなんて。

「琥太郎にメールしてもほとんど返ってこないし、この二週間近くほんとに俺……どうしていいか分からなくて。琥太郎と、もうマジで駄目かと思った」

「ご、ごめんなさい。僕も……つらくて。宗佑の恋を邪魔しちゃいけないって」

自分がいちばん、宗佑の恋を遠ざけていたとは思っていなかった。

どこからかカタッと音が響いてはっとする。

「ひ、人が」

「今更だ。もううしろは誰もいない」

息を詰めて窺っている間に誰も現れず、ぽこぽこと水の泡が弾けるサウンドエフェクトだけ聞こえる。そう言われても背後が気になっていたら、「琥太郎」と吐息で呼ばれた。

身体を包んでいた宗佑の手が頬と頤《おとがい》に触れて、掬《すく》われるのと同時に口づけられる。隙間ほど離れて、気持ちを確かめ合うように視線が絡まったら想いがどっと溢れ、今度は琥太郎からも唇をぴったりとくっつけた。自分のぎこちなさを恥じるより、ただ想いを伝えたくて胸がかあっと熱く沸く。

「そ……すけ、宗佑」

額を、鼻先をすりつけられて、間近にある宗佑の眸が苦しさと愛《いと》おしさを含んで揺れて見えた。

「よかった、間に合って。琥太郎を失わずにすんで……」

嚙み締めるような声に、胸の奥がぎゅっと引き絞られる。

「すげぇ好き。琥太郎、好きだよ」

「僕も……僕も好きです……」

ほんの少し唇を離して、愛の言葉を囁かれ、応えてはまた重なる。何度も啄《ついば》まれているうちに、宗佑の舌がとろりと上唇の内側をなぞった。

「……んっ……」

粘膜に触れられ背筋が甘く痺れた途端、琥太郎が身体のバランスを崩し、その弾みで宗佑を下敷きにして床に倒れてしまった。

ここがどこかも忘れたみたいに夢中だったけれど我に返った。琥太郎と宗佑の真横の巨大水槽を見上げると、エイが二匹、「にへっ」「にへへっ」と笑った顔で通り過ぎる。

「……エイに、見られてました」

宗佑も転んだのがおかしかったらしく身体を小刻みに震わせていて、カーペットの床に脚を投げ出して座ったまましばらくふたりで笑い合った。

「今度はちゃんと朝から来て、ペンギンの餌やりとかやろうな」

前回のリベンジのはずが、またリベンジ。琥太郎は「はい」と頷いた。その身体を再び抱きとめられる。

「琥太郎、レモンの味がした。飴《あめ》ちゃん舐めてたろ」

ぎゅっとされながら、今度は側頭部にキスをされた。

「あのっ……宗佑、それ、前から言おうと思ってたんですけど、唇で髪に触れるのは……」

リビダニアでの解釈を説明すると、宗佑は目を大きくして「ええっ？」と笑う。

「じゃあもう俺、だいぶ前から琥太郎に『えっちしよう、しよう』って言ってたの？」

「ここは日本ですし、気にしないようにしてたんですけど……」

「……なぁんだ」

そう言いながら、また宗佑が唇で髪に触れた。ひくん、と喉が震えてしまう。

「宗佑、だからそれ」

「知ってるよ。……しようって言ってんの」

ぞくぞくと首筋が粟立《あわだ》つ。そこにも熱くキスをされて、琥太郎は宗佑の腕に添えていた手でそこをぎゅっと摑んだ。

タクシーの中でも手を繋ぎっぱなしでいた。

宗佑のマンションに着くまで考えていたのは、神様は許してくれるかなということだ。

タクシーを降りて、宗佑のマンションに入ったところで、「結婚を神様に約束した相手じゃないと、駄目だったっけ」と宗佑から唐突に切り出された。同じことが気になったらしい。婚前交渉は宗教上NG、と教えられて育った事情を宗佑も知っている。

無視できない信仰心で揺れる部分もあるけれど、そこに拘って引かれたくない。少しでも気にすれば、優しい宗佑は「いつまでも待つよ」なんて言いだすかもしれない。

琥太郎は首を横に振った。

自分の気持ちは、宗佑以外に向かない。こんなに好きになった人は他にいないのだ。

同性だから書面で神殿に提出できないため、心で誓うしかない。

宗佑の部屋に招き入れられて、琥太郎は宗佑を見上げた。互いの手のひらを合わせ、指を絡めてぎゅっと繋ぐ。

「僕が神様に誓えばいいんです。他に何もいらないから、この想いだけ一生大事に持って生きるから……」

この人と結ばれたいのだと。

そっと、宗佑の唇が前髪に触れる。そのまま額、鼻先にもキスをされてじっと見つめ合うと、琥太郎も首を伸ばして宗佑に顔を近づけた。

愛しむように唇を啄まれ、すぐに互いの粘膜を擦《こす》り合わせる深いキスになった。誰に教えられたわけでもないけれど、しっかりと抱き合って、宗佑が舌を舐めれば琥太郎もそうした。宗佑と同じ大きさと深さで自分の想いを伝えられると思ったからだ。

琥太郎は目眩《めまい》がするような熱いキスに酔い、うっとりと瞼を閉じて、宗佑の腕にくるまれた。

琥太郎の全部、舐めて、しゃぶらせて——宣言どおり宗佑はベッドに入ってから、足の甲、趾間《しかん》や爪の先まで舌を這《は》わせてきた。裏側のくるぶしも脹脛《ふくらはぎ》も、内腿《うちもも》の柔らかいところも。吸ったり歯を立てたりして、そうされるたび琥太郎は腰を強張らせたり身を捩《よじ》ったりした。

次にどこを舐めるつもりなのか、琥太郎にも分かる。待っていたせいで、そこが歓喜のあまりびくびくと揺れてしまうのも。

「あぁっ……！」

脚の付け根を嬲《なぶ》られて、ついに声を上げてしまった。そのまま冷たい陰嚢《いんのう》をくすぐるように熱い舌で舐められる。あちこち愛撫《あいぶ》される間ずいぶん焦《じ》らされた琥太郎の中心は、恥ずかしい蜜をとろりとこぼしていた。それが宗佑の頬を濡らしてしまう。

「ぬるぬる。琥太郎、我慢汁多いな」

「や、だっ……」

はしたないと指摘された気がしてぐずると、「気持ちよさそうで、いいよ」とついにペニスの側面を舌が這い上がり、滴《したた》るそれを舐め取られた。

「はぁっ、はあっ、あっ……！」

「また溢れてきた」

下肢のほうを覗くと、熱に溶けだしたアイスキャンディーみたいにされている。硬く反り返るのを指の輪っかで軽く擦られ、今度は惜しげもなく口内に迎え入れられた。

「ああっ、あっ、あっ、ん、宗佑……」

舌と粘膜が柔らかくペニスに巻きつき、じゅるじゅると音を立ててしごかれる。滲んだ視界でもそれに見入っていたら、気持ちいいかと宗佑に目で問われた気がした。

「あぁ……あっ……きもちいっ……」

他人に触れられたことさえなかったのに、そこを口で愛撫されるのは刺激的すぎる。唇を意識して引き結んでもあっという間にまた緩んでしまい、声がとまらない。

「だ、めっ……駄目、宗佑っ……放してっ」

放出の予感に宗佑の肩を叩くけど言うことをきいてくれない。排尿とさして変わらないものを人の口に出すなど、琥太郎には考えられない行為だ。

「あっ、あ、やだぁっ、もう、出ちゃ……、出るっ……」

その瞬間、宗佑の髪をぎゅっと引っ摑んでしまった。腰を何度も浮かせながら宗佑の口内で果てる。

残滓の一滴まで吸い上げられて、解放されたときはベッドにくてんと横たわっていた。

「飲むなんて、そんなの嘘です」

あまりの恥ずかしさに顔を覆っていたら「飲めるよ。好きだもん」と宗佑は事もなげに言ってのける。「おしっこは無理だけど」と付け加えられて「同じですよね⁉」と驚いた。

「だって俺が愛撫して、琥太郎がめちゃくちゃ気持ちよくなった証拠だろ」

そう説明されると、たしかに違う気がする単純な琥太郎である。

宗佑は添い寝でペットボトルの水をごくごくと飲んだ。水の行方《ゆくえ》を追って、喉仏、胸の真ん中、綺麗に鍛えられた腹部まで指で触れる。

「……今、宗佑のおなかの中に、僕のが」

「流し込んだ。キスしたいから」

宗佑は楽しそうに笑って、琥太郎の腰を引き寄せた。琥太郎も宗佑に手を伸ばし、狭いベッドで抱き合ってキスをする。キスの間も宗佑の手が腰や背中を愛撫して、幸せで頭の芯まで溶けてしまいそうだ。

「琥太郎の眸の色、とろって甘ったるい飴玉みたいになった」

瞼にもキスをされて、その蕩けた眸で見上げると唇を吸われた。舌を絡めて唾液を掻き回され、頬の内側も上顎も侵略されながら「ああ、身体の内側も舐め尽くされるんだな」と悟る。

「琥太郎はいつから俺のこと好きだった？」

「気付いたのは、宗佑が彼女とデートするって分かったあとです。宗佑に恋人ができるのを僕も応援してたのに、いざそれが現実になったら、どうしようもなくいやだなんて。でも……もっと前にも自分の変な気持ちに戸惑ったことはありました。それに、宗佑といるのが楽しくて、僕はいつも宗佑のことばかり考えて……。宗佑は？」

「俺は……女の子とデートしてる間もずっと琥太郎のこと考えてたし、彼女が俺を気に入らなければいいのに、そしたら琥太郎とデートできるしって、あの頃からそう思ってたな。決定的だったのは、琥太郎とデートしたいのに『僕と遊んでる場合じゃない』って言われてダメージ食らったあと。琥太郎が自分以外のやつと……って考えたら、とても平静じゃいられなくて、これは恋愛感情なんだって納得した」

宗佑がダメージだったと振り返ったあのとき、琥太郎も自分の胸をずたずたにしながら言ったのだ。

「僕だって、『彼女のところに早く行ってあげてください』なんて、あんなの本心じゃなかったです。だから……宗佑のあとをついていって」

宗佑に嫌われたくない。ベッドの上に正座すると、宗佑も上半身だけ起こした。

「ごめんなさいっ！　宗佑がどんな子と会うのかどうしても知りたくて……。彼女を前にした宗佑は、デートをリードする素敵な男の人に見えました。それで、ショックのあまりに渋谷駅からすぐ帰ったんですが……」

なかなか顔を上げられず、膝の上で固く拳を握る。

「いや、あの……どう映ったのか知らないけど、俺は琥太郎に拒絶されたショックで彼女のフォローどころじゃなかったし、その場で『付き合えない』ってちゃんと断ったんだ」

「え……そうだったんですか……」

そうとは知らず、自分が見たことない宗佑だ、なんて勘違いまでして醜い嫉妬心でいっぱいだった。

「でも、絶対しちゃいけないことだったんです。もうあんなこと二度としないです。だから……許してください」

「俺だって、そんないやな思いは二度とさせない」

「宗佑に嫌われたら、死んでしまう」

「嫌わないって」

「え？」

手を引いて抱き寄せられ、宗佑の上に重なった。合わせた胸にどくどくと響く鼓動。あのときは宗佑も同じように傷ついて、この胸を切なく軋ませていたのだろうか。

「毎日、月に向かって神に懺悔したんですが……お許しいただけなくてまた高熱が出るし、風邪で休んでた間のレポートが期日に間に合わず……本当にさんさんたる状態でした」

「……さんさん？　え、あ、それ『惨憺《さんたん》たる』な」

「さんさんたる」

宗佑が腹筋をぶるぶると震わせ、「さんさんって……」と笑っている。

「さんさんたる、だったら明るくてちょっと楽しそうじゃん」

「ちがっ……僕はほんとに反省してっ」

「分かったよ、分かったから」

宗佑は「もう、たまんない」と笑って、落ち着くと今度は「かわいいな」と髪を撫でて、そこにキスをくれた。愛しいとの想いを込めてくれているのだと伝わる。

そして優しい声色で琥太郎の名前を呼んだ。

「琥太郎が一生俺を愛することを神様に誓ってくれたように、俺もリビダバビダの神に約束する。琥太郎を大事にするよ。なので、ウザいメールとか電話とか、いつも一緒にいたいわがままに、これからもずっと付き合ってください」

「面倒だと思ったことなんか一度もないです。それをわがままというなら僕だって負けないです。宗佑を独り占めしたくて、宗佑の素敵なところを知ってるのはもう僕だけでいいのにとまで思いました。でも、モトクロスやってるときのかっこいい宗佑は子供たちに見せたいし、複雑なんです……。ね、僕ひどいでしょ?」

ひどいでしょと言いながら、宗佑は全部受けとめてくれるのだと知っている。

実際宗佑は楽しげに笑って、琥太郎の髪を優しく梳《す》いた。

重なっていた身体を逆にベッドに沈められ、琥太郎は愛しい人をうっとりと見上げる。

「舐めて、しゃぶるだけじゃ足りない」

何を望まれているのか、全部を言葉にされなくても分かった。

きっとこのまま彼の好きに組み敷かれて、自分など造作もなく嬲られるのだろう。彼だけにそれを許す自分の想いが、これまでになく深いものだと自覚する。

「上手には、できないかもしれません……」

「俺だってこういうのは初めてだから、ネットで調べた知識しかないけど。無理っぽい、と思ったら言えよ?」

ベッドの枕元に置いてあった——男同士で繋がるために必要なものを指されても、なんとなく直視できない。琥太郎が傷つかないようにと気遣って、宗佑が準備したのだ。

愛しているのを確かめ合う行為に、痛みや不快に感じることを宗佑がするはずがないと信じ切っている自分がいる。

「宗佑が僕にしたいことは、僕が宗佑にしてほしいことです」

「……今ので自信ついた」

精悍な顔つきの宗佑の首筋に手を伸ばす。もっと隙間なくくっつきたい。

互いの舌を絡めながら、琥太郎の昂りに宗佑が腰をすりつけてくる。ぬるぬると敏感な裏筋が擦れ合って、さっき達したばかりなのに再びそこに滾《たぎ》る血潮が集まってきた。

熱っぽい声で「琥太郎」と呼ばれて、琥太郎は唇を震わせた。早く繋がりたいと急《せ》かされているような宗佑の腰の動きに煽《あお》られ、琥太郎もますます高まる。

ふたりが合わさった部分は互いの淫蜜でしっとりと湿り、下生えが柔らかな下腹部を擦るだけでもぞくぞくする。

「指、挿《い》れさせて」

息を弾ませながら、うん、と頷いた。秘孔の窄《すぼ》まりに宗佑が触れる。緊張する臀部《でんぶ》を撫でさすりながら何度か指先だけ出し挿れされ、意を決した表情で宗佑が身を起こした。何をする気だろうかと目で追う。

「あっ……？」

「膝抱えて」

折り曲げた膝に手を導かれて、うろたえるのもお構いなしに秘部が丸見えの姿勢を取らされた。

腰に枕を噛まされ、ろくに動けなくなったところで、まさかと思っていたことをされる。

「ん――っ！」

宗佑の弾力のある舌が、緊張で強張る蕾《つぼみ》を舐め溶かし始めた。そんな場所を口で、なんて信じられない。ぎゅっと自分の膝を摑んで羞恥心とひたすら闘ううちに、開きかけた蕾にずるりと舌が入り込んだ。それが襞《ひだ》の内側を這うのを感じる。

「あぁっ……あー、……あぁ……」

粘膜をくすぐるように蠢《うごめ》いていたかと思うと、陰嚢を頬張って、ペニスの先も啜られ、再び後孔を唇と舌で溶かされる。濡れそぼつ秘部に指を挿入されたときには、そこは先ほどと違い柔らかにほどけていた。深く、指の付け根まで沈められても痛みはなくて、ただ身体の内側を曝《あば》かれる感覚に呼吸が乱れて興奮状態が続いている。

「んんっ……ん、……ふぅっ」

手の甲で口を塞いでも、鼻から抜ける甘えた声がとまらない。

ぐるんと回転する指に反応して勝手に尻が揺れる。

膝を抱えていた左手も外されて、今度は脚を大きく開かされた。恥ずかしい行為をあれこれしたのに、まだ羞恥を覚えることがあるらしい。

指で内壁を抉られながらペニスを口淫される。考えられないほど卑猥な行為なのに、いやとは思わない。硬く立ち上がったものを吸われると、宗佑の指を銜《くわ》え込もうとするようにうしろがきゅんと窄まった。内襞が絡みつき、指の節のかたちまで感じ取ってしまう。

「あう……ん、ううっ……！」

宗佑の指を何度も後孔で食《は》むうちに、一瞬きつく腰が強張った。宗佑の指が一点を擦り上げると、続けざまにびくびくびくと下肢が跳ねる。ペニスで感じるのとは別の快感に襲われたのだ。呼気が荒く乱れて臀部まで震えてしまう。

「あ、それっ……ああっ、ああっ、んんっ……！」

「気持ちいい？　腰が揺れてる」

「あうっ……、き、もちいっ……ああっ」

そこを小刻みにスライドされているとそのうち目を開けていられないほどの悦楽に呑まれて、琥太郎は再び前を弾けさせた。

突然のことに自分でも驚いて、呼吸を乱れさせながら茫然と宗佑を見上げる。宗佑は嬉しそうに顔をほころばせて、優しい声で「またイっちゃったね」と琥太郎に寄り添った。

「前立腺でイけたんだよ。今度は指じゃなくて俺ので、そこを擦るの」

「そ……すけの、で……？」

宗佑に手を導かれてずしりとしたものを持たされる。この熱くて硬いペニスで、さっきのところを擦られたらどんなに気持ちいいだろうか——知ったばかりの快感を求めて後孔がうずっと窄むのを感じる。

想像して思わずうっとりしていると、「欲しい？」と問われた。凄くえっちな質問だ。

宗佑は答えを待って「ん?」と促してくる。

「……欲しいです」

「俺も限界。挿れたい」

宗佑が身を起こし、琥太郎の膝を寄せて脚をひと纏めにし、あらわになった後孔を覗いた。枕元にあったローションをそこにたっぷり注がれると、なんとも表現しがたい感覚で顰め面になる。

「ちゃんと濡らさないと痛いらしいから、ごめんな」

早口だけど気遣う言葉で謝られて「ううん」と首を振る。

限界、と言ったのを証明するように、すぐさまそこに宗佑を宛《あて》がわれた。

「琥太郎……」

上擦った声で呼ばれ、ぐっと腰を押しつけられて、先端の丸みが狭い窄まりを開く。指とは比べものにならない質量に目を見開いて、驚きで息が上がるのを腰をさすって宥められた。一瞬力が抜けたのを見計らい、ぐっとさらに大きく抉られる。

「んう、わっ……!」

「力抜け、琥太郎、だいじょうぶだから」

「んやっ、苦し……あっ……」

逃げ腰の琥太郎に宗佑が覆い被さってきて、顔中に宥《なだ》め賺《すか》すキスを繰り返した。蟀谷《こめかみ》、耳朶《じだ》、瞼、頬にも。そして「お願い」と許しを請われ、首筋に顔を擦りつけて愛撫される。

「俺んこと好きなら奥まで挿れさせて。さっき気持ちよかったろ？」

「……っ」

なんてずるい言い方と思ったけれど、実際あの快感を忘れかけていた。

目を閉じて自らを落ち着けようと深呼吸する。だって宗佑を全部受け入れたいという気持ちは本心だ。

互いを見つめ、額と額を合わせると、宗佑も苦しげに息を詰めているのに気付いた。自分自身のことで精いっぱいだったけれど、琥太郎を想ってこらえているのだと知り、愛しさが溢れ出す。

琥太郎は宗佑の背に両手を巻きつけ、「キスして」とねだった。

唇を重ねてごまかされている間に、という琥太郎の意図を察して、口づけながら宗佑が腰を深くしてくる。

宗佑を気持ちよくしたい。気持ちよくなりたい。

繋がった部分にばかり意識が行ってしまっていたけれど、全身で宗佑を受けとめたらいいんだ——そう思ったら途端に気持ちも身体もラクになった。

それは誰より繋がっている宗佑に伝わったみたい。

「……初めてだから、緊張して」

「俺もだよ」

身体はほとんど動かさず、また唇を合わせて、啄んで、首筋をくすぐられる。

「……そこ、好きです」

「耳の下の辺り？」

「気持ちいい……あっ……」

ふいに乳首をきゅうっと優しく摘まれて、背筋に甘い痺れが走った。

「乳首も、こうされるの、好き？」

「……ん……好き……」

口に含まれて舌でつつかれたり押し潰されたりすると、じぃんと下肢に響く。弾みで腰を揺すったら中に嵌められたペニスがいいところを強く擦り上げた。

「あぁっ……！」

「……んっ、琥太郎っ」

一度快楽を拾うと、それしか知らない身体に造り替えられたかと思うほど一変した。

宗佑が腰を振り込むごとに濃い快感が生まれ、呑まれる。目を瞑《つぶ》ってその感覚を追えば追うほど、深い悦楽が得られて琥太郎は喘《あえ》いだ。

「ああっ、んっ、んうっ、うあっ……そ、すけっ、あっう、ああっ」

「琥太郎……ん、……すげぇいい」

両手で頭を摑まれ、額と額をくっつけた状態で蕩けた顔を覗かれながら、浅い位置の胡桃《くるみ》と奥壁を執拗《しつよう》に突かれるのがたまらない。繋がったところからじゅぶじゅぶといやらしい音が響くのにも煽られる。

「あ……んっ、んふ……んんっ」

「琥太郎、えっちな顔してる」

「あぁ、やっ……だって、きもちぃ、よ、そうすけ、宗佑……」

卑猥な顔を見られたくなくて隠そうとするが、両腕を宗佑に奪われた。その腕を摑んだまま軽く引き上げられた状態で最奥《さいおう》を激しく攻め立てられる。

「ひっ……、うっ、っ……！」

声も途切れるくらい、脳髄まで痺れた。ひとしきり振りたくられて腕を解放されても、感じすぎたせいで動かせなくなり、シーツにだらりと放り出すしかなかった。

「琥太郎……とろとろになってる……」

こぼれる淫蜜をペニスになすりつけて揉みしだかれるのも、よくてたまらない。同時に乳首をいたずらしながら腰を使われたら、我慢できずに泣きだしてしまった。

「それっ……変、になる、そ、すけっ……あぁ、んっ」

「琥太郎、こんなやらしいことしていいの？　神様が部屋のどこかから見てない？」

「やだっ、やだ、やだっ」

「うそ。琥太郎、今のこれ気持ちいいでしょ？」

口ではやだと言いながら、琥太郎の後孔はきつく締まって放すまいとする。そこをぐちゃぐちゃに掻き回されると、ついに内壁が痙攣《けいれん》し始めた。

「ひぅっ……っ……！」

「声も出ないくらいよがってるくせに。もうイッちゃいそう？　俺も、琥太郎ん中に出したいよ。出していい？」

「あ、あぁ、だめ、だめっ、中はっ……、結婚、してないからっ」

「何。生殖行動じゃないと中出ししちゃ駄目なの？」

朦朧《もうろう》としながらも、何度も繰り返し教わったことが頭の隅にこびりついている。自分が男だから妊娠しないとか、それが分かりきった男同士のセックスにそもそも関係ないというところまで考えが及ばない。

「じゃあこれ抜いちゃっていい？」

浅いところから深くまで大きく抜き挿しされて、だんだん頭が真っ白になってくる。開きっぱなしの口からは気を放しかけたようなあえかな声ばかりこぼれて、耳に「この気持ちいいのやめて、抜いちゃうよ？」と甘い脅し文句を吹き込まれた。

こんなに気持ちいいのにやめるなんてしたくない。もっとずっとしていたい。いちばんいいところを擦られながら、琥太郎は首をふるふると振る。

「……だめっ、抜くの、やだっ、や、だ……！」

「やだ？　じゃあもう、俺と結婚しよっか」

思いも寄らないことを言われて、涙がいっぱい溜まった目を必死に開けた。でもそのタイミングできつく蹂躙《じゅうりん》されて頭がスパークする。がくがくと揺さ振られ、もう何がなんだか分からない。

「ああっ、するっ……」

「奥に出すよ」

宗佑の言葉も、身体も、まるで悪い薬のように琥太郎の全部を籠絡《ろうらく》して痺れさせた。

「んんっ、ああっ……！」

幸せと快楽にどっぷりと泥酔しながら、身体の奥で宗佑が熱く爆《は》ぜるのを感じる。その最後の抽挿に琥太郎は歔欷《きょき》の声を上げ、同時に激しく果てた。

これまでに経験のない悦楽に身体がぶるぶると震えて、なかなか落ち着かない。その間も重なったままの宗佑に顔や身体のあちこちをかわいがられて、琥太郎はうっとりと身を任せた。

宗佑の重みに幸福を覚えつつ、その背を手のひらで撫でる。

愛しくてたまらない。きのうより、こうする前より、宗佑のことが好きになった気がする。この人、僕だけのなんだ、と思うと顔のふにゃふにゃがとまらない。

「宗佑……好き。好きです」

「あ、いつもの敬語に戻った」

でも気にしないというふうに、宗佑は目を細めた。

「えっちしてるときは、頭のネジが外れちゃうみたいです」

飛んじゃうくらい気持ちよかった？　と問われて、はい、と頷くと、宗佑は満足げだ。

そのドヤ顔すらかっこいい。

「リビダニアで、結婚ってどうやってするの？」

宗佑に問われて、琥太郎は瞬いた。

同性婚は認められていない。でも紙に書くか書かないかの差なら。

「婚姻は……満月の夜に、月に向かって誓うんです」

宗佑が窓の外を覗く。

「満月はクリスマス頃かなぁ」

「え？　本気……ですか？」

宗佑は「え、本気じゃないの？」とまじろいでいる。

「心の姦淫も死罪ですよ？　ほんとに死罪ですよ？」

「姦淫しないし。え、何、俺が中出ししたいから口から出任せ言ったとか思ってた？」

「……いえ、その……僕は気持ちよすぎて、ちょっと訳分かんなくなって、なんだかどさくさに紛れて宗佑に無茶なお願いをしてしまったみたいな……」

結婚して、と脅したようなものじゃないだろうか。

「リビダニアの教会？　行けばいいの？」

「神殿です」

「リモアのスーツケース買おう」

「あ、あの……すみません。凄く現実的な話なんですけど、同性だと神殿で結婚できないんです。入国審査は相変わらず厳しいので、クリスマスに合わせて三日後に入国とかもできなくて」

「じゃあこっそりここで、クリスマスの満月に誓おう」

決意の揺らぎをちっとも見せない宗佑の男らしい言葉が嬉しくて、本当はもう充分だけど、今はこの幸せに頭の天辺《てっぺん》まで浸ってのぼせていたい。

「満月のクリスマスに結婚なんて、夢みたいだ」

ちゅっとキスされて、琥太郎もほわほわと顔をほころばせた。

「結婚しよーな。もっとおっきなベッドを買って置けるくらいの部屋に引っ越さなきゃ」

「宗佑、映画の真似してＩＫＥＡでデートしたいって言ってましたよね」

「あれは夫婦ごっこだったけど、俺と琥太郎は、ごっこじゃない」

浮かれた調子の宗佑に、琥太郎も一緒に「そうですね」と微笑み返す。

結婚するなら考えなくちゃいけないことがたくさんありそう。でも今はふたりの気持ちがぴったり重なっているという、ただそれだけでいい。

宗佑に脚を抱えられ、琥太郎はその動きを目で追った。

「抜かずの二発目」

「え？」

繋がったまま再び存在を主張し始めたもので、身体の奥を揺らされる。覚えたての快楽に琥太郎は頰を高揚させ、瞼を震わせた。

＊＊＊＊＊＊

「今夜、めでたく結婚することになりました」

クリスマスツリーが飾られたカフェテリアで、宗佑は大切な報告をした。

「はいはい、めでたいめでたい。そういうお前の頭がおめでたいわ」

案の定、宗佑の宣言にカケルは呆れた顔でぜんぜん取り合ってくれない。琥太郎が「僕たち本気です」と援護してくれるけれど、結果は変わらずだ。カケルはため息をつき、横に座る桃花と目を合わせてからテーブル越しにこちらへ身をのり出した。

「付き合い始めて三日程度で結婚するとか言いだすなんて、ばかなの？」

「本気だよ」

カケルは「真面目に話せ」と険しい。

「さっきからずっと真面目に話してるし本気だ。琥太郎と結婚する」

埒《らち》が明かない、とばかりにカケルは今度は宗佑の隣の琥太郎のほうへ話を振った。

「琥太郎ちゃん、日本の法律知ってるよね？」

「もちろん分かってます。だから満月に永遠の愛を誓うんです」

「は？　満月？」

毒気を抜かれたようにカケルがぽかんとする横で、桃花は「ええっ、かわいい！」と手を叩いた。

「リビダニアでも同性婚は認められていません。でも、誓うだけなら自由かなって。リビダニアの人たちは日常的に月に祈りを捧げるんですが、婚姻はとくに満月に誓うもの、といわれています」

「幸せな人間を祝えないとはカケル、お前はなんて心が狭いんだ」

かわいいかわいいと喜ぶ桃花の隣で、カケルは呆れ顔で宗佑と琥太郎を見比べている。

やがて破顔して、追究を諦めたのか「はいはい」と頷いた。

　そしてなんだかんだ言っても最後は「結婚祝いは何がいいんだよ」と訊いてくれる。「夫婦茶碗《めおとぢゃわん》」

　ぶーっとカケルが天に向かって噴き出して、「もう一緒に住む気かよ！」と目を剝いている。それから「互いの親は？　大学は？　その他もろもろ、訊きたいことがありすぎる！」と、両手をわきわきさせた。

「一緒に住むのは大学卒業してからかな。それまでに金貯《た》めて、親を説得する」

「うわぁ、めっちゃ本気じゃねーか！」

「だからさっきから本気だっつってる」

　お金はべつに貯めなくても僕が、と琥太郎は言ったけれど、男の沽券《こけん》に関わる問題だ。片方の経済的余裕に甘えてのっかるみたいなことは絶対によくない。

「あぁ怖いよー、ペアルックでびびってる場合じゃなかった。この人たちこれからまだまだ波乱を巻き起こすよ」

　カケルは自分を抱きしめるポーズで震え上がっている。

「とにかく焦らずゆっくりやってくつもり。もし何かあっても琥太郎とふたりで考えて、解決していこうって思ってるよ」

　宗佑の真摯な言葉で、それまでは「冗談だろ？」のスタンスだったカケルにも、ようやく本気だと伝わったようだ。

「そっか……まぁがんばれよ」

「いろいろあるかもだけど、何があっても応援してるからね」

友だちの励ましを嬉しく感じていたら、肩にばぁんっ！　と衝撃を食らった。

「あ～らら、ごめんねぇ、遊び人の三都井《みつい》くん。挨拶の手加減ちょっと間違っちゃった」

「万が一にも琥太郎を泣かせたらそんなもんじゃすまないって、日々身体に叩き込んでおかないとな」

双子の本多兄弟は相変わらずだ。そして「いつ別れることになるか見張ってないと」なんて意地悪な顔をしている。

「別れないから一生見守っててくれたらいいよ」

「～～～～！」

宗佑と本多兄弟が目で火花を散らしている脇で、琥太郎が「はっ……」と息を呑む音がして、全員が注目した。

「信《しん》も連《れん》もそうやって毎日宗佑に絡んでますが……まさか……おふたりとも本当は宗佑のことがお好きなんじゃ……!?」

宗佑を横取りされるのでは、とズレた見解の琥太郎に、そこにいた全員が「そりゃねーわ！」とユニゾンで突っ込んだ。

ままならない恋でも

ベッドは最低でもダブル。

　ソファは三人掛けがいいね。だってそこでいちゃいちゃできるから。


「宗佑《そうすけ》、たいへんです！　蛇口からお水が出ません」

「なんだよ。見せてみな」

　洗面台のカランをぺんぺんと指ではたき、捻ってみるも水が出ない。

「宗佑、こっちのシャワーも出ませんよ」

　バスルームに入った琥太郎《こたろう》から呼ばれて、宗佑もそちらへ向かう。銀色のクラシックなデザインのシャワーノズルを見上げるが、やはり一滴も落ちてこない。

「困ったなー。シャワー浴びられないじゃん」

　琥太郎を手招きしてひそひそ話――もうシャワー浴びないで、えっちする？

「え、こ、困ります」

「いちばん最初んとき、浴びなかったよ？」

「あれはっ、あれはだから、まさか宗佑が、あ、あんなとこや、あんなとこまで舐めたりするとは思わなくて、頭が回らなかったというか……」

　初めての日を思い出しているのか、耳を赤くしながらしどろもどろの琥太郎だ。あんまり愛しいから、ここでめろめろにかわいがりたくなる。

「お客様、何かお困りのことがありましたら、なんなりとお申しつけくださいませ」

店員の声で一瞬にして現実に引き戻され、宗佑は表情筋をくっと引き締めてそちらへ振り返り「ありがとうございます」と会釈した。

琥太郎の手を引いて、いそいそとバスルームのディスプレイブースを出る。

「宗佑がえっちなことばかり言うので困ってます、とさっきの店員さんに相談したほうがよかったかもしれません」

「いいよ~べつに」

悪びれず、にへへっと笑う宗佑に、しょうがない人と言いたげに琥太郎も笑っている。

ＩＫＥＡで夫婦ごっこ、との宗佑の夢がついに叶った。

近頃の家具店はただソファばかりを並べたり、テーブルと椅子だけを配置するかたちではなく、実際の部屋をイメージしたモデルルーム型のディスプレイで、商品の提案やメーカーの個性をアピールしている。

まるでフランス映画に出てくるようなキッチンカウンター、インテリア雑誌に載っているようなキャビネット、ダストボックスさえもおしゃれだ。

キッチンのディスプレイでは「一緒に料理しような」、キッズルームでは「俺の部屋はこんなんじゃなかった」と宗佑はまともな発言をしていたものの、バスルーム辺りで変なスイッチがオンになった。きのう初めてお風呂でえっちしたものだから記憶に新しく、生々しすぎたのだ。色ぼけしている恋人だと、その辺は諦めて許してほしい。

——琥太郎、かわいかったなー。

無垢な琥太郎が「お、お風呂でするんですか？」と驚いていたのを「恋人や夫婦はみんなするもんなの」と言いくるめ、悪いコトを教えてるみたいな変な気分に拍車をかけた。

不安定な場所のせいで必死にしがみついてくるかんじや、明るさに恥ずかしがったり、声が響かないように懸命にこらえてたのもよかったな……なんて反芻していたら。

「宗佑、ベッドルームですよ」

琥太郎の声に我に返った。このところ講義中でもバイト中でも、ぼーっとしてるとついエロいことを思い出してしまうからいけない。

「おおっ、俺のシングルベッドとはえらい違いだ」

広々としたクイーンサイズのベッドに手をついて弾力を確かめようとすると、すぐ傍で琥太郎が楽しげにお尻でぴょんぴょん跳ねている。

「わ、いいですね。枕をこんなふうにたくさん並べるのが好きです」

にこにこ顔の琥太郎に宗佑も笑った。

コーディネイトされたリネンもしゃれたデザインだ。こんな大きなベッド……とまでは言わなくても、せめてダブルかワイドダブルを置ける部屋に引っ越したい。

だから大学を卒業して社会人になったらがんばって働いて、琥太郎と一緒に暮らすのが宗佑の目下の目標になっている。

はっと気付いたら琥太郎がいなくて、宗佑は辺りを見回した。

すぐうしろのお姫様仕様の天蓋付きベッドに寝転んでいる琥太郎を発見。

覗いてみると、横になったらまったりした気分になったのか、琥太郎は穏やかな眼差しで宗佑を見上げて微笑んだ。白いフリルいっぱいのリネンが案外似合ってしまう琥太郎だ。

「リビダニアの家ではバリのホテルみたいな雰囲気の天蓋付きベッドでした」

「んじゃあ、引っ越ししたら、そういうベッド買おう」

琥太郎が少し奥に移動してくれて、添い寝するかたちで宗佑も横臥《おうが》した。

指と指を絡めて繋ぎ、ふわふわフリルの陰にふたりの手を隠す。

互いの左手薬指には、シンプルなデザインのゴールドリングが嵌まっている。ひとまず10金の安価なものしか買えなかったけれど、クリスマスの満月に誓った結婚のしるしだ。

「早く宗佑と暮らしたいです。だってうちに帰らなくていいんですよ。ずっと一緒にいられるなんて、凄い幸せですよね」

「朝までえっちしまくる」

「またそれですか」

「あれれ、自分は清廉ですみたいな？　けっこう好きなくせに」

「……好きですけど」

「わはっ」

笑い合っていたら、琥太郎が目を瞬かせた。

「……宗佑たいへんです。うちのベッドルームに知らない外国人のご夫婦がいます」

天蓋付きベッドでいちゃいちゃ寄り添う男子ふたりを、唖然とした顔で凝視する外国人客が立っている。

宗佑が真似したいと言っていた映画のシーンと同じ展開がおかしくて、ふたりで笑いながら「すみません」と謝っていそいそとベッドを下りた。

「はしゃぎすぎですよ」

「琥太郎が先に寝てたんじゃん」

きゃっきゃうふふしてるカップルを見ると「よくやるよな」と羨ましい気持ち半分で目を逸らしていたのに、いざ自分がそうなると楽しくて仕方ないものなのだ。


ＩＫＥＡを出たらバイクで首都高から都内へ。クリスマスが終わってからいっきに年末ムードの街並みを抜ける。でも街路樹はクリスマスのイルミネーションをまだちょっとだけ引き摺っていて、キラキラと瞬いて綺麗だ。

ファミレスで食事して、宗佑のマンションに着いたのは二十時。十二月最後の日曜日にモトクロスの教室もなくて、朝からデートの一日が終わった。

「え？　あ、はい、だいじょうぶです。お母様おやすみなさい。お父様にも、愛してます、と伝えてください」

琥太郎はお泊まりのたびにちゃんと自宅に電話を入れる。しかも呼称が「お父様、お母様」だ。宗佑は父親に「愛してます」なんて言ったことはないし、きっとこれからも言わない。そんな些細な部分で育ちの違いを実感する。

楽しい夫婦ごっこの先はお気楽なノリで考えられるものばかりではないだろうけど、この甘いだけの幸せに浸るのを今は許してほしい。

「とりあえずお風呂入る？」

「ひとりで入ります」

「え、なんでなんで？　いいじゃん一緒で」

「宗佑……どうせ、どうせ、す、凄くえっちなことしてくるでしょう？」

「いいじゃん。しようよ」

でも、とか、いや、とか言う唇を啄みながら、琥太郎をそのままバスルームへ押し込んでいく。よたよたと後退する琥太郎の腰を支えて、ついに浴室。

「そう、すけ」

「かわいい」

ちゅっ、ちゅっと音を立ててキスを繰り返す。

「ベッドで、したい……。お風呂は、気が散る……ので……」

あんまりイけない、とぼそり。

「……そうなの？」

「滑るし、あ、足を踏ん張れないから」

耳を赤くしながら言われて、ドクーンと股間にきた。

「……あ、うしろでイくとき、この辺に力が入んないのか」

下腹部を指すと「言わないでください」とその手を押《お》し退《の》けられる。

「おっけ、分かった。じゃあ、ベッドでいっぱいしよう。でもシャワーは一緒に浴びる」

琥太郎は困った顔で笑って、最後は「はい」と頷いた。


床に膝をつき、ベッドに上半身だけ預ける琥太郎の背中にキスをひとつ。硬く反り返ったペニスの先端を濡れた蕾に押しつける。自分の蜜をなすりつけるようにすると、そこはひくひくと敏感に反応した。

「挿《い》れてほしそうにしてる」

琥太郎は上掛けを摑む手に力を込めてこらえるそぶりを見せる。入り口に尖端《せんたん》だけ潜り込ませて引き抜くと、くちゅん、とそこが欲しがる音を響かせた。

「……っ、……」

琥太郎はぶるっと腰を震わせて、身を縮めている。さっきまでさんざん指で掻き回していたから、今は飢餓感でいっぱいのはずだ。

首筋から背中、腰や尻を、唇と手で愛撫しながらまた後孔に少しだけ、いたずらみたいに挿れて、取り上げる。

「そう、すけっ……宗佑……あ……もう、もうお願いです……」

「もっと挿れてほしい？」

「お願いだからっ……、中まで」

切なげな横顔で懇願されて、よしよしと頭を撫で、焦らすばかりだったものを少し深く挿入すると、琥太郎の内襞がそれを悦《よろこ》んでまとわりついてきた。

半分くらいまで挿れて、後退する。同じ深さでもう一度。抜ける寸前までペニスに吸いつこうとする刺激がたまらず、宗佑も唇を舐め、臀部をぶるりと震わせた。

「……そ、すけ……や……もっと」

「……もっと？」

腰に添えていた手に、琥太郎が手を重ねて引き寄せようとする。

「もっと、……あ……宗佑、あぁ……ああっ、……お願い、深く」

琥太郎は素直だ。してほしいことや、どんなふうに気持ちいいかを直截《ちょくさい》に伝えてくれる。

しかし焦らしていた宗佑のほうがもう限界だった。指でうなじをくすぐり、鳥肌を立てるそこにキスを落としながら硬茎を沈めていく。

「痛くない?」

「……あ、あぁ、きもち、いい……はあっ……」

覗いている琥太郎の横顔が充足感で蕩けていて幸せそうだ。ぴたりと腰が重なるところまで押し込めば、中が痙攣して軽くイッてるのが分かる。そのままゆったり奥を掻き回してやると、琥太郎は短く呼吸を弾ませて、薄く開いた唇から掠れた声を漏らした。

「今の、好き?　気持ちいい?」

「……はぁっ、あっ、好き、……奥に、いっぱい、んんっ……!」

擦り上げたい衝動に駆られて、琥太郎の腰を摑んでひとしきり振りたくる。琥太郎が声を上げられなくなるくらいまでピストンし、うしろから抱きしめた格好でベッドに横向きで倒れ込んだ。

前に手を回すと、琥太郎のペニスはもう先走りでどろどろだ。

「イッたみたいになってんじゃん」

「……すごい、……気持ちぃ、から」

ペニスをぐちゃぐちゃに揉みしだき同時に乳首を弄ってやると、繋がったうしろがきゅうきゅうと収斂《しゅうれん》した。そこを抜けそうなくらいまで引き抜いて、隘路《あいろ》をゆっくり抉って奥まで挿し入れる。そんな緩慢な抽挿ののちに、雁首《かりくび》の嵩《かさ》で胡桃を煽るように捏ねると、快感で内襞に小波が立つのを繋がったところで感じた。

「ふ、やっ、ぅんっ……んっ、宗佑、そう、すけっ」

「ん？」

「……あぅ、それ好き、好きっ……やめない、で……」

男の身体は嘘をつけない。包み隠さず琥太郎の言葉のとおり、全身で感じてくれているのが伝わって嬉しい。

やめないで、とお願いされたところに強く当たるようにスライドさせる。琥太郎の手が縋《すが》るものを求めていたので、枕を胸に抱えさせた。

「イきそう？　これでイきたい？」

こくこくと頷く琥太郎の耳朶や首筋を食みながら、片方の脚を抱え、絶頂へ導くためにとろとろになった後孔を攻めまくる。最後の律動に琥太郎は枕を抱きしめ、そこに嬌声《きょうせい》を吸い込ませて、宗佑の手に熱い迸《とばし》りを飛沫《ひまつ》させた。

「俺も、琥太郎ん中でイかせて」

枕を放って、琥太郎の身体を仰向けにし、極まった直後でまだ昂《たかぶ》っているのも構わず、

ひくつく窄まりに再び挿入する。

「あぁっ、……やぁっ……」

「も一回、イこ」

「やだ、……やだ」

琥太郎に深く重なるとぎゅっと抱きつかれて、残滓《ざんし》を垂らしているペニスを揉みくちゃにする勢いで律動する。休む間もなく揺さ振られて、琥太郎はもう半泣きだ。

「琥太郎っ……」

「やっ……やぁ、んんっ……、ふぅっ、また……あ、イく、イくぅ……！」

琥太郎の脚が腰に絡みついて全身が密着したまま、ことさら敏感になっている胡桃をきつく擦り上げる。そして呑み込まれるかというほど絶頂で蠕動《ぜんどう》するその奥壁に、ついに宗佑は滾りきった欲望を弾けさせた。

「はあっ……はぁ……はぁ……」

頬に、首筋に、耳朶にキスをして、しがみついていた琥太郎の腕と脚をゆっくりと下ろしてやる。

琥太郎は快感の余韻にぶるっと身震いして、やがてくたりと脱力した。

ベッドにしどけなく腕を投げ出し、とろんと蕩けた目をしている。夢うつつの琥太郎の乱れた髪を梳いてやった。

「……琥太郎、イきっぱなしだったな。嬉しい。毎日してるからかな、琥太郎の身体がどんどんえっちになってる気がする」

だって大学でも顔を見てるのに、夜になったらまた会いたくてたまらなくなる。バイトが終わってから夜中に琥太郎を家から連れ出した日もあったし、会えば当然セックスした。

「離れてるとき……どうしてあんなに寂しいんでしょうか……。十二時間ほどのことを我慢できないなんて。夜中にバイクで送ってもらったあとのたかが六時間ほども寂しくてたまらないんです。これって、えっちしたからですか？」

「知ってしまったから、余計寂しいってのはあるかもな。さすがに分別なくす勢いでこんなに想うの、初めてだ。ごめんな、俺超ウザくない？」

ウザい男と自覚する自分でも危機感を覚えるほどなのだから相当だ。

「いいえ、面倒だとか思ったことはありません。嬉しくて、幸せです。こんな僕はちょっとおかしいですか？」

「ううん、ひたすらかわいい」

琥太郎はふふっと笑って手を伸ばしてきた。宗佑も「おいで」と、両腕で琥太郎を抱きしめる。

目が合ったら同じことを望んでいるのが分かる。唇を合わせて、くすぐるように触れ合って、お喋りみたいなキスをした。

「お母様が、宗佑と会いたいって」

「えっ？」

唐突に打ち明けられてどきっとした。うちの大事なひとり息子を誑かす不届き者と恨まれていやしないかと、内心でどきどきしているのだ。

「僕がいつも出かけるときの相手で、お泊まりしてて、お世話になりっぱなしなのでお礼をお伝えしたいと言ってました」

お礼と言われても怖いものは怖い。一度電話で話したことがあるし、上品で、ほわわん、ぽわわん、としてるかんじだけど。

しかしいつか必ずそのときは来る。大学卒業したあといきなり「結婚したいんです、というかもうしました」と言われても親としてはたまらないだろうから、時間をかけて正当な段階を踏んでおくべきだとあらためて決意した。

「琥太郎のご両親に認めてもらえるようにがんばる。なんでも最初が肝心だからな」

「お母様は性格も言動もおっとりしてますが、ボクシングとかけっこう荒っぽいスポーツを観戦するのが好きなので、モトクロスをしている宗佑のことはかなりタイプかもしれません」

「そっか……うん、ちょっと勇気出た。まずは琥太郎のご両親の信頼を得て、次はうちってかんじで、一緒に住めるように説得しようかな」

大学卒業まで時間はたっぷりある気がするけれど、三年に上がったら就職活動も始まる。

「お互いの両親を説得できたら、ちゃんとした結婚指輪を買おう」

「指輪、これでいいですよ？　少しでも多くお金を貯めて、僕は宗佑と一日も早く一緒に住みたいですし、それが叶ったらふたりでどこか遠くへ旅行がしたいです」

――くそう……琥太郎はなんていい子でかわいいやつなんだ！

これ以上ないというところまで好きだったけれど、今のでますます琥太郎のことが大大大好きになった。

「愛してる、愛してます。マジ大好きだ」

「はい。僕も、愛してます……ってなんか照れますね」

愛してます、とさっき琥太郎は父親に対して言っていたけれど、これは特別ってことだ。

宗佑も生まれて初めて人に愛を告げた。ごく自然に溢れたから。そしてきっとこれからずっと一緒にいたら、ふたりの間にも家族としての愛情が重なっていき、愛は今よりもっと深まるのだろう。

「リビダニアに行ってみたい。あのリビダニアの星を、琥太郎と見たい」

「最初のメールを覚えててくれたんですね。直行便はないので、ロンドンで乗り継ぎすると十六時間くらいかかりますけど」

「マジか。ん、でも行きたい。行く」

「お父様とお母様と、リビダニアに住むお祖母様はとても穏やかで優しいですが、お祖父《じい》様《さま》はちょっと手強《てごわ》いかもしれません。リモンズィッカをロックで飲まなきゃ『男じゃない』って言われますし」

「そっちは肝臓から鍛えなきゃいけないのか、ううう、善処します」

跳ばなきゃならないハードルはきっといっぱいある。でも琥太郎が傍にいてくれたら、その太陽みたいな明るさとまっすぐな強さに元気を貰って、どんなことでも成就できそうな気がするのだ。

「まぁ、あれだな。いろいろと未熟ゆえに何かとままならいけどな」

「ままならいですね。がんばりましょうね」

幸せいっぱいの互いの身体をぎゅうぎゅうと抱きしめて、そう遠くない未来についてのお喋りは尽きることがなかった。

おわり

あとがき

　こんにちは、川琴《かわこと》ゆい華《か》です。このたびは『恋は思いがけず』をお手に取っていただき、ありがとうございます。短期間のうちに二冊連続で花丸文庫さんにお世話になりました。楽しかった！　生み出す苦しみというのはどの作品にも絶対にありますが、楽しく書かせていただいて幸せです。

　この原稿のプロットからあとがきを書くまでの半年間に、お仕事用メールアドレスに詐欺メールが四件届きました。なぜか全件、全文英語です。香港《ホンコン》のミセスからは「ちゃんと読んですぐに返事を！」といきなり急かすタイトルで、「あなたが貧乏で困ってるみたいだから助けてあげる」的な上から目線のメールをいただきました。他にも中国の印刷会社、ロンドンのインターネットバンク、シリアのUSアーミーのキャンプにいる大佐マイケル。大佐なんだったらちゃんと仕事してほしいですね。おもしろいから返信しようかとうっかり思ってしまいます。

　琥太郎《こたろう》がいちばん最初に受信した『僕の最後の言葉を聞いてください。』は、実際にわたしが受け取ったメールがネタ元です。死にそうだから助けてほしいという詐欺メールだったのですが、彼は間違いなく今も生きてますね！　詐欺メールの話題はまだまだ出せますがこのへんで。

今回、書ききれなかった小ネタがたくさんありました。琥太郎パパの後を継ぐ予定のいとこなんか名前すら出せずじまい。SSならがんばれば二十本くらい書けそうで、鍋の残り汁を「しょうがない、捨てるか……」と眺めている気分です。でも本当に書きたい部分は掌編含めて全部出しきりました！

あと、これもう言わなくてもいいかなと控けそうだったのですが、作中に登場するメールの絵文字を……不肖川琴、描かせていただきました。え、冗談じゃなく、本当です。ドシロウトのわたしがiPadのお絵描きソフトで真面目に描いたものです。ふざけてないですよ、あれで全力です。

プロの方にお願いすればかわいく素敵に描いてくださったはずですが、「挿絵を一枚減らして蓮川《はすかわ》先生に絵文字を描いていただこうかと……」と担当さんがおっしゃるんですもん！　い・や・だ！　挿絵を一枚減らすなんてそんなの絶対にいやですっ！　きっと読者様だってそうに違いない。ならばここはわたくしが！　という勢いだけで遂行しました。麗しい挿絵十枚を死守するための苦肉の策であります。本文の責任は自分で取ったぜ。きりっ。

恥ずかしい告白にヒットポイントをだいぶ削られました。気分を切り替えましょう。

蓮川愛《あい》先生のキャラララフを拝見したとき「全員主人公?」と訊きたくなるほど、脇キャラまでみんな美麗で瞠目しました! もともと先生のファンのわたしもすっかり心酔です。イケメンがずらっと並んだ様は圧巻で、初見で魂を抜かれました。まだ挿絵などを拝見していないのですがとても楽しみです! 一緒にお仕事させていただいて嬉しかったです。ありがとうございました。

担当様、いつもいろいろとありがとうございます。悩んでるときも苦しんでるときもヒントと元気をくださるので、本当に心強くて信頼しております。だからって甘えててごめんなさい♥でもおかげでがんばれてるんだと思います。

さて最後に。この本のご感想など、短くていいのでお聞かせいただけたら嬉しいです。お手紙や、ツイッターでお気軽にお声かけくださいませ。

再びこうしてお目にかかれますように。

愛と感謝の気持ちを込めて
二〇一五年・たぶんリモンズィッカがおいしい季節　川琴ゆい華

Hanamaru Bunko

作家・イラストレーターの先生方へのファンレター・感想・ご意見などは
〒101-0063 東京都千代田区神田淡路町2-2-2
白泉社花丸編集部気付でお送り下さい。
編集部へのご意見・ご希望などもお待ちしております。
白泉社のホームページはhttp://www.hakusensha.co.jpです。

白泉社花丸文庫
恋は思いがけず

2015年9月25日 初版発行

著　者　川琴ゆい華 ©Yuika Kawakoto 2015
発行人　菅原弘文
発行所　株式会社白泉社
〒101-0063 東京都千代田区神田淡路町2-2-2
電話 03(3526)8070(編集)
03(3526)8010(販売)
03(3526)8020(制作)
印刷・製本　図書印刷株式会社
Printed in Japan HAKUSENSHA ISBN978-4-592-87740-0
定価はカバーに表示してあります。

好評発売中　花丸文庫

★ペットごっこは倒錯的な愛の始まり♡

恋は賢者の愚行

川琴ゆい華　イラスト＝陸裕千景子
●文庫判

一家離散の末ホームレスになった知明は、元・親の臑齧《すねかじ》り系ダメダメニート。ピンチを救ってくれた歯科技工士・十和に「いっそ俺を飼ってくれたらいいのに」とこぼすと、真面目な彼がまさかの承諾⁉

★今でも好きです♡　甘～い恋の大暴走！

妄愛ショコラホリック

川琴ゆい華　イラスト＝北上れん
●文庫判

三軒茶屋でカフェを営む頼朋の前に突如現れた超イケメンショコラティエは、昔バレンタインにこっぴどく振った冴えない後輩だった。十有余年、頼朋を想い続けてきたという高晴は、戦慄もののド変態で…⁉